原文からひろがる源氏物語

田中順子

蓬生
関屋

もくじ

蓬生

関屋

蓬生

さびれる常陸宮邸

藻塩《もしお》たれつつわびたまひしころほひ、都にも、さまざまおぼし嘆く人多かりしを、さてもわが御身のより所あるは、一方《ひとかた》の思ひこそ苦しげなりしか、二条の上などものどやかにて、旅の御住処《すみか》をもおぼつかなからず聞こえ通ひたまひつつ、位を去りたまへる仮《かり》の御よそひをも、竹の子のよの憂《う》き節《ふし》を、時々につけてあつかひきこえたまふに、なぐさめたまひけむ、なかなかその数と人にも知られず、立ち別れたまひしほどの御ありさまをもよそのことに思ひやりたまふ人々の、下《した》の心くだきたまふたぐひ多かり。

《[1]藻塩たれつつわびたまひしころほひ、都にも、さまざまおぼし嘆く人多かりしを》と始まるこの巻は、時間を少しさかのぼり、源氏が流謫の身となって都を離れていた時の女たちの動向に、話は移ってゆく。

そのことを表す《都にも》《さまざまおぼし嘆く人》ということばが、読み手の関心を惹きつけずにはおかない。源氏が消えた都で、後に残された女君たちはいったいどのように暮らしていたのだろうかと、誰もが思いを巡らせたに違いないからだ。

《さまざまおぼし嘆く》女君と言っても、《わが御身のより所あるは》と、土地を所有する豊かな実家の縁で、生活の基盤が保障されている者は、《一方の思ひこそ苦しげなりしか》と、募る源氏への想いをただ一つの心配事として日を送ればよかった。その点で恵まれていたのは、実家の後見はまったくなかったのに、源氏の絶対的信頼を得て留守を任されていた《[2]二条の上》である。

源氏とは夫婦としての固い絆で結ばれていると信じているので、遠く離れていても何の心配もなく、《のどやかにて》日々を送っていた。《旅の御住処をもおぼつかなからず聞こえ通ひたまひつつ》と、源氏は住処を須磨から明石へと移したが、そうした時には手紙のやりとりをし合って素早く対応し、信頼関係を一層深めてゆくのであった。

二条の上は《位を去りたまへる仮の御よそひをも、[3]竹の子のよの憂き節を、時々につけてあつかひきこえたまふに》と、源氏が官位を剥奪され無位無冠となれば、それに合わせたかりそめの衣服などを、源氏に似合うように調えてやったりした。二条の上とすれば、そうした辛い時期を源氏の世話をすることで何とかやり過ごし、気持ちを冷静に保っていくことも出来たのである。

ところが、なまじい源氏の妻の一人となっても、「二条の上」のように、その存在を広く世間に認められることはなく、《立ち別れたまひしほどの御ありさまをもよそのことに思ひやりたまふ》――源氏が都を離れるという一大事の時の様子でさえ、他人の語る噂話を聞いて、悲嘆の気持ちを想像するしかないような妻たちも数多くいるのである。「よそ」は、遠い、別、他人など。「思ひやる」は、想像する。

その人たちはこのたびの須磨流謫を《下の心くだきたまふたぐひ》と、源氏の庇護が途絶えることで生じる、暮らしの先細りを案じて心密かに動揺していた。こうした妻たちの一人が「末摘花」とも呼ばれる「常陸宮の君」である。「下の心」は心の中。

常陸宮《ひたち》の君は、父親王《みこ》の亡《う》せたまひにし名残《なごり》に、また思ひあつかふ人もなき御身にていみじう心細げなりしを、思ひかけぬ御ことの出で来て、とぶらひきこえたまふこと絶えざりしを、いかめしき御勢《いきほひ》にこそ、ことにもあらず、はかなきほどの御情《なさけ》ばかりとおぼしたりしかど、待ち受けたまふ袂《たもと》の狭《せば》きに、大空の星の光を盥《たらひ》の水にうつしたるここちして過ぐしたまひしほどに、かかる世の騒ぎ出で来て、なべての世憂くおぼし乱れしまぎれに、わざと深からぬかたの心ざしはうち忘れたるやうにて、遠くおはしましにしのち、ふりはへてしもえ尋ねきこえたまはず。その名残に、しばしは泣く泣くも過ぐしたまひしを、年月経《としつきふ》るままに、あはれにさびしき御ありさまなり。

常陸宮の君は父親王亡き後、一人取り残され、《また思ひあつかふ人もなき御身にていみじう心細げなりしを》と、宮の君のことを心配し世話をしてくれる人もいない孤児同然の身になっていた。これから先どうなるか見当も付かないでいたところ、ふとしたことが縁となり、

《思ひかけぬ御ことの出で来て、とぶらひきこえたまふこと絶えざりしを》——宮邸には思いもかけず光源氏が、ときたまではあるが、訪れるようになって、宮家の危機は一時的であったにせよのがれることが出来たのだった。

源氏はその頃《いかめしき御勢にこそ》と評されるように、絶大な権力を誇り意気も盛んだったので、常陸宮への援助などは《ことにもあらず、はかなきほどの御情ばかり》と、取り立ててどうと言うこともない些細なことだった。

だが、ちょっとした厚意を示したに過ぎないことでも、受ける側は《袂の狭きに》④と余りの貧しさゆえ、天にも昇る程の幸運が突如巡って暮らしも潤うようになるというありがたい結果をもたらすものである。末摘花にとって源氏の厚意は、《大空の星の光を盥の水にうつしたるここちして》⑤とあるようにありがたさはひとしお身に染みた。両者の落差には計り知れないものがあったが、源氏の援助は滞ることがなかった。

だがそうこうしているうちに、源氏の身辺がにわかに慌ただしくなっていく。《かかる世の騒ぎ出で来て、なべての世憂くおぼし乱れしまぎれに》——源氏はこの世の冷たさを知り様々に思い悩んだ末、右大臣側から敵と見なされ政治的抗争に巻き込まれることを避けるために、無位無冠となって都を離れ須磨に落ちのびる。こうした暮らしの激変の中で末摘花の存在はすっかり忘れ去られてしまう。

《わざと深からぬかたの心ざしはうち忘れたるやうにて》と、末摘花はこうした危機に直面した時でも、源氏が一目会いたいという思いに駆られる程の魅力的な女性ではなかったので、忘れられてもやむを得ないのだったと、語り手は申し訳なさそうに一言付け加える。

源氏はその後、明石から無事帰還を果たしたが、《ふりはへてしもえ尋ねきこえたまはず》と、そもそも末摘花の存在が源氏の生活圏の中から消えていたので、思い出すよすがもなく、わざわざ訪ねて行くことはなかった。同じ貴族階級に属しながらまさに両者の間には、《大空の星の光を盥の水にうつしたるここち》程の、とてつもない落差があったのである。「ふりはへて」はわざわざ。「盥」は水や湯を入れ手や顔を洗うための平たい器。

だが、源氏の方でいくら忘れてしまっても、末摘花邸の方では以前源氏が通って来てくれたことがあるという《名残り》は、早々消えるものではなく、相変わらず一縷の望みを抱き、頼みの綱としていたのだった。

しかし、帰京の噂は耳に入っても一向に源氏の訪れはなく、さすがの末摘花も、自分はすっかり忘れ去られてしまったのかと思うと悲しくてたまらず、《しばしは泣く泣くも過ぐしたまひしを》と、悲嘆に泣き濡れる日々を送っていた。《年月経るままに、あはれにさびしき御ありさまなり》と、日が経つにつれてその生活も気の毒なほど逼迫していくようだった。「さびし」は、必要なものが不足し、心細い状態を示す。

古き女ばらなどは、「いでや、いとくちをしき御宿世《すくせ》なりけり。おぼえず神仏《かみほとけ》のあらはれたまへらむやうなりし御心ばへに、かかるよすがも人は出でおはするものなりけりと、ありがたう見たてまつりしを、おほかたの世のことといひながら、また頼むかたなき御ありさまこそ悲しけれ」と、つぶやき嘆く。さるかたにありつきたりしあなたの年ごろは、いふかひなきさびしさに目馴れて過ぐしたまふを、なかなかすこし世づきてならひにける年月《としつき》に、いと堪へがたく思ひ嘆くべし。すこしもさてありぬべき人々は、おのづから参りつきてありしを、皆次々に従ひて行《い》き散りぬ。女ばらの命堪《た》へぬもありて、月日に従ひて、上下《かみしも》の人数《ひとかず》少なくなりゆく。

昔から仕えている女房たちは、《「いでや、いとくちをしき御宿世なりけり。おぼえず神仏のあらはれたまへらむやうなりし御心ばへに、かかるよすがも人は出でおはするものなりけりと、ありがたう見たてまつりしを、⑥おほかたの世のことといひながら、また頼むかたなき御ありさまこそ悲しけれ」》と、誰に向けることもなく込み上げる怒りや不満を吐き出さずにはいられない。

主人もいよいよ世の中から見捨てられたかと思っていたら、いきなり源氏のような最上級の貴公子が通って来てくれて、その間はまるで神仏が現れたような夢心地になり、ありがたくてひたすら拝んでいたいような気持ちだった。

どうして源氏のような人が、こんな荒《あば》ら家に住んで、美しくもなく何の取り柄もない不器用な主人のところに来てくれるのか、二人の縁には到底理解しがたいものがあったが、主人にとっては滅多につかめないような、降ってわいた幸運だったことは確かだ。

だが、源氏は政治のもめ事に巻き込まれたようで、都から姿を消したと聞く。がそれっきり音沙汰がない。主人には他に頼るべき親戚縁者は誰もなく、その心細さと言ったらたとえようもないほどである。女房たちは迫り来る暮らしの破綻を見据えて目下の窮状を訥々と訴える。

《さるかたにありつきたりしあなたの年ごろは、いふかひなきさびしさに目慣れて過ぐしたまふを》と、源氏が現れる以前は長い間貧しい暮らしが当たり前だったから、いまさら不満を口にしたところでどうにもならないほどのわびしさにも馴れて、どうにかこうにか日を凌いでいたのである。

それが《なかなかすこし世づきてならひにける年月に、いと堪へがたく思ひ嘆くべし》と、源氏の援助を受けるようになってから、なまじっか世間並みの生活の味を知ってしまったために、女房たちにとっては当たり前だった元の貧乏生活が耐えられずに、ため息ばかりついているのだった。

《すこしもさてありぬべき人々は、おのづから参りつきてありしを、皆次々に従ひて行き散りぬ》――多少は役に立ちそうな女房たちは、源氏が来訪すると聞けば招かなくともやって来て、しばらくは居着いて働くのだが、そのうちに一人また一人と、次々に邸から姿を消してゆくのだった。

《女ばらの命堪へぬもありて、月日に従ひて、上下の人数少なくなりゆく》――残った女房たちも、食べるものにも事欠く過酷な状況を生き延びられずに、亡くなってしまう者もいた。身分の高いのも低いのも、月日を重ねるにつれてその数は減っていったのだった。

注
① 「わくらばに問ふ人あらば須磨の浦に藻塩たれつつわぶと答へよ」(『古今集』巻十八巻下、在原行平朝臣による)

② 紫の上はこの巻からはじめて「上」と呼ばれる。尊敬の意を表す語。
③「竹の子のよ」に「この世」を言い掛ける。「今さらになにを生ひいづらむ竹の子の憂き節しげき世とは知らずや」(『古今集』凡河内躬恒)
④「袂」は物を受けるものなので恩恵を受ける末摘花についてこの語を使う。
⑤ 七夕祭の時、盥に水を入れて庭上に置き、星合いの影を映して見るところから来た喩えと言われている。(『河海抄』)
⑥ 世間一般にかかわる事件の意。須磨退居をさす。

姫君の意志

もとより荒れたりし宮のうち、いとど狐の住処《すみか》になりて、うとましう、気遠《けどほ》き木立《こだち》に、梟《ふくろふ》の声を朝夕に耳ならしつつ、人気《ひとげ》にこそ、さやうのものもせかれて影隠しけれ、木霊《こたま》など、けしからぬものども、所を得て、やうやう形をあらはし、ものわびしきことのみ数知らぬに、まれまれ残りてさぶらふ人は、「なほいとわりなし。この受領《ずりやう》どもの、おもしろき家造りこのむが、この宮の木立《こだち》を心につけて、放ちたまはせてむやと、ほとりにつきて、案内し申さするを、さやうにせさせたまひて、いとかうもの恐ろしからぬ御住《すま》ひに、おぼしうつろはなむ。立ちとまりさぶらふ人も、いと堪へがたし」など聞こゆれど、「あないみじや。人の聞き思はむこともあり。生ける世に、しか名残《なごり》なきわざはいかがせむ。かく恐ろしげに荒れ果てぬれど、親の御影とまりたるここちする古き住処《すみか》と思ふに、なぐさみてこそあれ」と、うち泣きつつ、おぼしもかけず。

末摘花邸は《もとより荒れたりし宮のうち》だった。『末摘花』の巻では、女房たちの身にまとっている白い着物がひどくすすけている様子や、主人の食べ残しで飢えをしのぎ、また寒さに絶えかねて震え上がっている描写を通じて、邸はかなり荒廃し、暮らしも貧窮状態に陥っていることが強く印象づけられた。

源氏の来訪が途絶えれば、荒廃にはたちまち拍車がかかって手のほどこしようがなくなる。須磨から帰った源氏は、案の定、この邸のことをなかなか思い出してくれなかった。邸の荒廃は一層進み、今では[1]《いとど狐の住処になりて》と、人気を拒絶するような不気味な雰囲気に一面覆われている。

改めて庭に目をやれば《うとましう、気遠き木立に、梟の声を朝夕に耳ならしつつ、人気にこそ、さやうのものもせかれて影隠しけれ、木霊など、けしからぬものども、所を得て、やうやう形をあらはし》と、ぞっとする有様を呈している。「せかれて」の「せく」（塞く）は遮り、隔てる。生い茂れるままに任せた木々の茂みは互いに絡み合って、人の進入を拒もうとするかのように行く手を阻む。朝晩ふくろうの鳴き声がどこからともなく聞こえ、不気味さを一層かきたてる。

邸に人が住んでいる気配でもあれば、このような怪しいもの《けしからぬものども》の跳梁跋扈など許さないわけだが、今は人気がなくなっているのを見透かされているのか、怪しいものははびこるばかりで、木霊などという奇怪なものたちも、我が物顔で正体を現してくる始末である。

邸は《ものわびしきことのみ数知らぬに》と、どう対処して良いか分からない難儀なことが次から次へと起こって、もはや手に負えるものではなくなっていた。

他に行き所がなくて、たまたま残って末摘花に仕える女房が思い余って、《なほいとわりなし》――もはや万策尽きたのでと前置きして、姫君にひとつの提案をする。

女房が言うには[2]《この受領どもの、おもしろき家造りこのむが》――このあたりの受領たちの中に趣深い家造りに凝っている者がいる。その者がこの邸の大層な木立に目をつけ、《放ちたまはせてむやと、ほとりにつきて、案内し申さするを》――邸を手放してくれないだろうかと言ってきており、縁故のものを介して姫君の意向を打診してほしいと頼まれていると言う。
「ほとり」（辺）は近くにいる人、または縁故のある人。

女房たちは大賛成である。《いとかうもの恐ろしからぬ御住ひに、おぼしうつろはなむ。立ちとまりさぶらふ人も、いと堪へがたし》――姫君には是非そのように取りはからってもらいたい、ここまでひどい有様ではなくとも、せめて恐ろしい思いをしなくても済む住まいに移ることを考えてほしい、こんな邸に住み続けなくてはならない私たちの我慢も限界まできている、などと強く訴えるのだった。

しかし姫君は、《あないみじや》――とんでもないことと言下に否定する。「いみじ」の語感は不吉が予想され忌み避けたい感じ。そして当然のことのように《人の聞き思はむこともあり。生ける世に、しか名残なきわざはいかがせむ。かく恐ろしげに荒れ果てぬれど、親の御影とまりたるここちする古き住処と思ふに、なぐさみてこそあれ》と、泣きながら邸に寄せる思いを一気に吐露する。

邸を手放せば、それを耳に入れた世間の人たちは何かと取り沙汰するだろう。よりにもよって自分が生きている間に、昔から大切に残してきたものを安々と人手に渡し、跡形も無くしてしまうなんてどうして出来ようか。この邸は見るからに恐ろしげで荒れ果ててはいるが、邸の至る所に親の面影がそのまま留まっているような気持ちになる。それは邸が古いまま残されているからであろう、そう思うと親のいない寂しさもまぎれ、心も慰められると言う。

御調度《てうど》どもも、いと古代になれたるが昔やうにてうるはしきを、なまもののゆゑ知らむと思へる人、さるもの要《えう》じて、わざとその人かの人にせさせたまへると尋ね聞きて案内するも、おのづからかかる貧しきあたりと思ひあなづりて言ひ来るを、例の女ばら、「いかがはせむ。そこそは世の常のこと」とて、取りまぎらはしつつ、目に近き今日明日《けふあす》の見苦しさをつくろはむとする時もあるを、いみじういさめたまひて「見

よと思ひたまひてこそ、しおかせたまひけめ。などてか軽々《かろがろ》しき人の家の飾りとはなさむ。亡き人の御本意違《ほいたが》はむがあはれなること」とのたまひて、さるわざはせさせたまはず。

《御調度どもも、いと古代になれたるが昔やうにてうるはしきを、なまもののゆゑ知らむと思へる人、さるもの要じて、わざとその人かの人にせさせたまへると尋ね聞きて案内するも》と、語り手はさらに立ち入って説明を加える。「なまもの」は知ったふりをする人、生意気な人。

ところで宮邸の家具調度品は、皆どれもいかにも古びて使い古したものばかりだが、昔風のものは寸分の狂いなくきっちり作られていて、風格さえ感じさせる。そんな宮家の家具調度品のことを生半可に聞きかじっただけで興味を持った人が、それらをほしがり、この家具は故宮が誰それに作らせたものだとか、いちいち由来を聞き出して、譲渡の意向を伺いに来たりすることがあった。

それも《おのづからかかる貧しきあたりと思ひあなづりて言ひ来るを》と、つとに知られた宮家の貧窮ぶりを見下してつけ込んできたのだろうと語り手は説明する。「思ひあなづる」は、軽蔑する、見下す。

だが、手放すことに積極的な女房たちは、《「いかがはせむ。そこそは世の常のこと」》と、もはやどうにも仕方がない、ここまできたら後は家具調度品を売って暮らしをやりくりしていくしか手立てはない、それは当然のことなどと言って、《取りまぎらはしつつ、目に近き今日明日の見苦しさをつくろはむとする時もあるを》――目につかないように品を選びながら売り払ったりしていたが、時には今日明日の暮らしに事欠く見苦しさを何かと主人には、取り繕わねばならない時も出てくるのだった。

しかし、姫君はそんな女房たちの行為をきつく戒める。《「見よと思ひたまひてこそ、しおかせたまひけめ。などてか軽々しき人の家の飾りとはなさむ、亡き人の御本意違はむがあはれなること」》――父宮は私に使ってほしいと思ったからこそこういうしっかりしたものを作らせておいたのだろう。「見る」は見守る。取り扱う。

そんな父宮の思いの籠もった品々をどうして卑しい身分の家の飾りになどに出来ようか。亡き人の意志がないがしろにされるのはたまらないことだと言って、家具調度品を勝手に扱うことは一切許さなかった。

注

① 以下の文章は「梟《ふくろふ》は松桂の枝に鳴き狐は蘭菊《らんきく》の叢《くさむら》に蔵《かく》る」(『白氏文集』の「凶宅詩」)を踏まえる。

② 「この」の語は受領たちがすでに話題になっていたことを示す。当時受領層の中に富裕な者のいたことは帚木の巻でも語られている。(『イメージで読む源氏物語 桐壺・帚木』参照)

荒廃の極み

はかなきことにても、とぶらひきこゆる人はなき御身なり。ただ御兄《せうと》の禅師《ぜんじ》の君ばかりぞ、まれにも京に出でたまふ時はさしのぞきたまへど、それも世になき古めき人にて、同じき法師といふなかにも、たづきなく、この世を離れたる聖《ひじり》にものしたまひて、しげき草蓬《よもぎ》をだに、かき払はむものとも思ひ寄りたまはず。かかるままに、浅茅《あさぢ》は庭の面《おも》も見えず、しげき蓬は軒をあらそひて生《お》ひのぼる。葎《むぐら》は西東《にしひむがし》の御門《みかど》を閉《と》ぢこめたるぞ頼もしけれど、崩れがちなるめぐりの垣を馬牛などの踏みならしたる道にて、春夏になれば、放ち飼《か》ふ総角《あげまき》の心さへぞめざましき。

宮邸は普段から、人の出入りもなく静まり返っている。宮が気軽な友達づき合いを持たないような人なので、《はかなきことにても、とぶらひきこゆる人はなき御身なり》と、ちょっとしたことで宮邸に立ち寄るという人もいなかったのである。ただ、《禅師の君》[①]と呼ばれ、宮の身内に当たる兄が一人いて、たまに山から京に出て来た時にふらりと立ち寄ることがあるくらいだった。

その兄も《世になき古めき人にて、同じき法師といふなかにも、たづきなく、この世を離れたる聖にものしたまひて、しげき草蓬をだに、かき払はむものとも思ひ寄りたまはず》とあるように、滅多にいないような古風な人で、同じ法師の中にあっても日々の暮らしのことには一向に関心がなく、いかにも現実離れのした聖だった。上京の折など、妹の住む邸周辺のぼうぼうと生い茂る蓬生を見ても、これを取り除いたら通いやすくなるだろうになどと、目の前の問題には全く頭が働かないのだった。

《かかるままに、浅茅は庭の面も見えず、しげき蓬は軒をあらそひて生ひのぼる。葎は西東の御門を閉じこめるぞ頼もしけれど、崩れがちなるめぐりの垣を馬牛などの踏みならしたる道にて、春夏になれば、放ち飼ふ総角の心さへぞめざましき》――こんなわけで今では庭の浅茅は地面が見えなくなるほど生い茂り、浅茅同様に生い茂った蓬は更に勢いを増して伸び続け、軒下にまで達しようとしていた。「浅茅」は丈の低い茅萱。

葎[2]にいたっては、その蔓を縦横に思い切り這わせ、ついには西と東の門が開かないように閉じ込めてしまう始末である。「葎」は蔓草の総称。それはそれで外からの闖入者を防ぐことになって、邸の者たちには安心をもたらしたのであるが、庭を囲む土塀[3]の垣が崩れがちなのに修復を施さないものだから、いつの間にか馬牛の通り道になったりして不用心きわまりない。

春秋の時期ともなると、邸の中で馬牛を平気で放し飼いにしている牧童がいたりして、とんでもないことをしてくれる、腹立たしいばかりであると、語り手も憤懣やるかたない思いをぶつける。「総角[4]」は髪を左右に分け耳の上で輪に巻く少年の髪型、転じて少年のこと。

八月、野分《のわき》荒かりし年、廊《らう》どもも倒れ伏し、下《しも》の屋《や》どもの、はかなき板葺《いたぶき》なりしなどは、骨のみわづかに残りて、立ちとまる下衆《げす》だになし。煙《けぶり》絶えて、あはれにいみじきこと多かり。盗人《ぬすびと》などいふひたぶる心ある者も、思ひやりのさびしければにや、この宮をば不用《ふよう》のものに踏み過ぎて寄り来《こ》ざりければ、かくいみじき野ら藪《やぶ》なれども、さすがに寝殿《しんでん》のうちばかりは、ありし御しつらひ変らず、つややかに掻《か》い掃《は》きなどする人もなし、塵《ちり》は積れど、まぎるることなきうるはしき御住《すま》ひにて、明かし暮らしたまふ。

八月に入ると《野分荒かりし年、廊どもも倒れ伏し、下の屋どもの、はかなき板葺なりしなどは、骨のみわづかに残りて、立ちとまる下衆だになし。煙絶えて、あはれにいみじきこと多かり》と、荒廃の度は一気に進む。

この年、台風がひどく吹き荒れて、ついには対屋の中門廊などがあっけなく倒れてしまった。幾棟かあった下の屋も粗末な板葺きだったので、屋根の板がどこかに吹き飛んでしまい、骨組みだけが辛うじて邸を支えているという始末である。「下の屋」は、使用人の住居や物置に用いられた雑舎。

このように邸が家の痕跡を止めないほど破壊されてくると、《立ちとまる下衆だになし》と足を止めて注目してくれる使用人さえもいない。「下衆」は身分の低い者。使用人。邸からは朝夕の炊事をする煙さえ絶えて、暮らしは逼迫の度を増す。

《あはれにいみじきこと多かり》と、食べるものにも事欠いて邸の者たちも途方にくれ、うちひしがれてしまうことが多くなった。

《盗人などいふひたぶる心ある者も》と、盗人などという情け容赦ない乱暴者もこの邸を《思ひやりのさびしければにや、この宮をば不用のものに踏み過ぎて寄り来ざりければ》と、推察したところ、あまりにひっそりしているので、盗むべきものもないに違いなく、立ち寄っても仕方ない所と見て通り過ぎ、中へは入り込んで来ないので、《かくいみじき野ら藪なれども》と、庭の雑草は踏みしだく者もなく、茂るだけ茂って始末の負えない野ら藪となっている。

「さびし」は、必要なものがなくなり、ひっそりした感じ。

そうは言っても《さすがに寝殿のうちばかりは、ありし御しつらひ変らず、つややかに掻い掃きなどする人もなし。塵は積れど、まぎるることなきうるはしき御住まひにて明かし暮らしたまふ》と、さすがに寝殿の中だけは、昔の家具調度など身の周りの道具類がそのまま残されている。しかし、光沢が出るまで磨いたり整理したりして丹念に掃除をする者などはいない。

従って塵は積もる一方なのだが、ものがごちゃごちゃになって散らかっていることはなく、塵も調度も常に定位置を保ったまま、一日一日をつみ重ねてきたのである。「しつらひ」は、調度類を飾り付けること。「つややか」は、光沢があって美しいさま。「うるはしき」は、きちんと整った美しさ。

はかなき古歌《ふるうた》、物語などやうのすさびごとにてこそ、つれづれをもまぎらはし、かかる住《すま》ひをも思ひなぐさむるわざなめれ、さやうのことにも心遅くものしたまふ。わざとこのましからねど、おのづからまた急ぐことなきほどは、同じ心なる文通《ふみ》はしなどうちしてこそ、若き人は木草《きくさ》につけても心をなぐさめたまふべけれど、親のもてかしづきたまひし御心おきてのままに、世の中をつつましきものにおぼして、まれにも

言通ひたまふべき御あたりをも、さらに馴《な》れたまはず、

普通姫君と呼ばれる人たちの暮らしはどうかと見聞きしたところによれば、《はかなき古歌、物語などやうのすさびごとにてこそ、つれづれをもまぎらはし、かかる住ひをも思ひなぐさむるわざなめれ》ということらしい。身近にあるたわいない歌や物語の世界をたぐりよせては退屈な時間をまぎらわし、このような寂しい暮らしにありながらも、何とか心の慰みを得ているようである。

しかし、当家の姫君である末摘花は、そういったことにも関心が薄く興味も持たなかったようである。普通の姫君の場合、《わざとこのましからねど、おのづからまた急ぐことなきほどは、同じ心なる文通はしなどうちしてこそ、若き人は木草につけても心をなぐさめたまふべけれど》と、ことさら手紙のやりとりなどを自分のほうから好んですることはないにしても、他に急ぎの用事などない時は、気持ちの通じ合う友と手紙のやりとりをしたりして、若い人だったら四季折々の木草につけても心を慰めることが出来るのであるが。

しかしこの姫は、《親のもてかしづきたまひし御心おきてのままに、世の中をつつましきものにおぼして》と、親が大切に育ててくれた時の養育方針のままに、世の中は怖いところだから用心すべきであると思い込んで、ひたすら家に籠もって暮らすのだった。

《まれにも言通ひたまふべき御あたりをも、さらに馴れたまはず》と、まれには手紙のやりとりが必要なところがあってもそれだけで終わり、それ以上に親しくなるなどということは決してなかった。

古《ふ》りにたる御厨子《みづし》あけて、唐守《からもり》、藐姑射《はこやとじ》の刀自、かくや姫《び(ママ)め》の物語の絵に画《か》きたるをぞ、時々のまさぐりものにしたまふ。古歌《ふるうた》とても、をかしきやうに選《え》り出で、題をも読人《よみびと》をもあらはし心得たるこそ見どころもありけれ、うるはしき紙屋紙《かむやがみ》、陸奥紙《みちのくにがみ》などのふくだめるに、古言《ふること》どもの目馴れたるなどは、いとすさまじげなるを、せめてながめたまふをりをりは、ひきひろげたまふ。今の世の人のすめる、経うち読み、行ひなどいふことは、いとはづかしくしたまひて、見たてまつる人もなけれど、数珠《ずず》など取り寄せたまはず。かやうにうるはしくぞものしたまひける。

それでも本人は、《古りにたる御厨子あけて、唐守、藐姑射の刀自、かくや姫の物語の絵に画きたるをぞ、時々のまさぐりものにしたまふ》——古めかしい厨子を開けては『唐守』[5]、『藐姑射の刀自』[6]、『かくや姫の物語』といった当時流行った物語を絵に書いた、絵本のようなものを探し出してきては、時々の心の慰みにしているのだった。

《古歌とても、をかしきやうに選り出で、題をも読人をもあらはし心得たるこそ見どころもありけれ》——古歌と言っても沢山ある中から、とくに趣深いものを選び出し、詞書き（歌の成立事情）や読み人がはっきり記されて歌の気持ちがよく分かるものは読む価値もあるだろう。

しかし、丈夫で実用的な紙屋紙[7]、陸奥国紙[8]などの古びて毛羽立ったものに、ありふれた古歌が書いてあるのは実に興ざめなものだが、姫はひどく物思いに沈んでいる折々に、それを広げて見ると気持ちも和んでいくのだった。

姫君は《今の世の人のすめる、経うち読み、行ひなどいふことは、いとはづかしくたまひて、見たてまつる人もなけれど、数珠など取り寄せたまはず》——今の人がよくやるらしい、これもまたはやりの経を読んだり勤行に励んだりすることは、とても恥ずかしくて出来ない。誰も姫には注目していないのに、数珠など手に取ろうともしない。

こんなふうに姫君らしい流儀を通しながらも、《かやうにうるはしくぞものしたまひける》――万事型通りの日常生活を真面目に送っているのだった。

注

① 「禅師」はもと僧の尊称。ここは内供奉《ないくぶ》十禅師（宮中の内道場に奉仕する十人の僧の）の一人であろう。のちの初音の巻に「醍醐の阿闍梨の君」と呼ばれている。

② 「今さらにとふべき人も思ほえず八重葎して門鎖せりてへ」（『古今集』読人知らず）

③ 泥土を築き固めた築地塀なので崩れやすい。

④ 「総角や　とうとう尋《ひろ》ばかりや　とうとう離《さか》りて寝たれども　転《まろ》びあひけり　とうとうか寄りあひけりとうとう」（催馬楽《さいばら》）に見える語。

⑤ 散逸して伝わらない。

⑥ 藐姑射の刀自に育てられた照満《てりみち》姫を主人公とする求婚譚らしく中世まで伝存した。

⑦ 朝廷の紙屋院（紙屋川辺に置かれた）で漉《す》いた紙。上質のもので色紙もあった。

⑧ 檀紙。檀《まゆみ》の皮から作り、白くて厚い。陸奥の産。

叔母北の方

侍従などいひし御乳母子《めのとご》のみこそ、年ごろあくがれ果てぬ者にてさぶらひつれど、通ひ参りし斎院亡《う》せたまひなどして、いと堪へがたく心細きに、この姫君の母北の方のはらから、世におちぶれて受領《ずりやう》の北の方になりたまへるありけり。娘どもかしづきて、よろしき若人《わかうど》どもも、むげに知らぬ所よりは、親どももまうで通ひしをと思ひて、時々行《い》き通ふ。この姫君は、かく人疎《うと》き御癖なれば、むつましくも言ひ通ひたまはず。「おのれをばおとしめたまひて、面伏《おもてぶ》せにおぼしたりしかば、姫君の御ありさまの心苦しげなるも、えとぶらひきこえず」など、なま憎げなる言葉ども言ひ聞かせつつ、時々聞こえけり。

ここに姫君の乳母子で、侍従と呼ばれていた女房がいる。かつて、源氏と初めて会うことになった姫君に成り代わって返歌を詠み、その上源氏からの手紙の返事まで作り、姫君にそれを書かせた、あのしっかり者の女房である。貧窮を極める常陸宮家には、一人去り二人去りして侍従以外には、これという女房が殆ど残っていなかった。

《侍従などいひし御乳母子のみこそ、年ごろあくがれ果てぬ者にてさぶらひつれど》——乳母子である侍従だけは、他の女房たちのように、いつの間にどこかに姿を消してしまうなどということがない者として、長い間実直に仕えてきた。

ところが、侍従が、末摘花邸と同じように長年出入りしていた、斎院が亡くなって、侍従は通う所を一つ失う。侍従にとってそれは大問題だった。糊口を凌ぐために働くことが出来る場所が半分に減ってしまったからである。暮らしの不安が侍従を襲い、侍従は《いと堪へがたく心細きに》と、先の見えない不安定な精神状態に陥る。

ところでここに、《この姫君の母北の方のはらから、世におちぶれて受領の北の方になりたまへるありけり》と、この姫君の母北の方の姉妹で、貴人でありながらおちぶれて受領の奥方になった者がいた。奥方は娘たちを大切に育てていた。

さきに末摘花邸を見限った《よろしき若人どもも》——見苦しくはない若い女房たちも《む

げに知らぬ所よりは、親どももまうで通ひしをと思ひて》と、全く見知らぬ所へ通うよりも、親たちも出入りをしていたなじみの所だからと思い、その叔母の所へも時折通うようになっていた。

しかしここの姫君は、《かく人疎き御癖なれば、むつましくも言ひ通ひたまはず》――これまで見てきたように人と付き合うのが苦手な質《たち》なので、叔母にも親しみを込めて便りをしたりすることなどなかった。

しかし、叔母は便りのないことが姫君から無視されているようで面白くない。《「おのれをばおとしめたまひて、面伏せにおぼしたりしかば、姫君の御ありさまの心苦しげなるも、えとぶらひきこえず」》――亡き姉上（末摘花の母）は、受領に嫁いだ私のことを馬鹿にして家の恥さらしだと思っていたことをどうして忘れられようか。姫君の暮らしが大変そうなのは気にはなっているけれども、こちらから見舞うことは出来ない事情があるのだなどと息巻く。そんな叔母も《なま憎げなる言葉ども言ひ聞かせつつ、時々聞こえけり》――小憎らしい文句を侍従には言って聞かせながらも、末摘花には時々の便りを欠かさないのであった。

もとよりありつきたるさやうの並々の人は、なかなかよき人の真似《まね》に心をつくろひ、思ひ上がるも多かるを、やむごとなき筋ながらも、かうまで落つべき宿世《すくせ》ありければにや、心すこしなほなほしき御叔母《をば》にぞありける。わがかく劣りのさまにて、あなづらはしく思はれたりしを、いかでか、かかる世の末に、この君をわが娘どもの使人《つかひびと》になしてしがな、心ばせなどの古びたるかたこそあれ、いとうしろやすき後見《うしろみ》ならむ、と思ひて、「時々ここにわたらせたまひて、御琴《こと》の音《ね》もうけたまはらまほしがる人なむはべる」と聞こえけり。この侍従も、常に言ひもよほせど、人にいどむ心にはあらで、ただこちたき御ものづつみなれば、さもむつびたまはぬを、ねたしとなむ思ひける。

《もとよりありつきたるさやうの並々の人は、なかなかよき人の真似に心をつくろひ、思ひ上がるも多かるを》と、普通、並々の身分に生まれついた者は、かえって何かと及ばぬはずの貴人の真似をすることに心を砕き、それで満足してしまう者が多いものだが、この叔母は《やむごとなき筋ながらも、かうまで落つべき宿世あればにや、心すこしなほなほしき御叔母にぞありける》と、高貴な血筋を持ちながら受領の妻にまで落ちぶれた宿縁の持ち主だからなのか、心に少し卑しいところがあるのを否むことが出来なかった。

叔母は自分が受領の妻になって、人から《あなずらはしく思はれたりしを》と、軽蔑に値する者として見られてきたことに、人格を否定されたような激しい屈辱感を感じ、それが澱のようにたまっていた。そのうちに反撃の機会を見つけ、馬鹿にされた分だけ見返してやりたいという思いが次第に膨らんでいく。

叔母の胸に浮かぶのは《いかでか、かかる世の末に、この君をわが娘どもの使人になしてしがな》——今は宮家もこんなに衰えてしまう末世だから、末摘花のような高貴な生まれの娘を我が娘たちの召使いにしてみたいものだと願っても、満更ではあるまいということである。

叔母は、末摘花が我が家の使用人としての適性を備えた娘であることを見抜いている。末摘花は、《心ばせなどの古びたるかたこそあれ、いとうしろやすき後見ならむ》——考え方には古風なところがあるが、育ちが良いし、血筋もつながっているので、その分安心の出来る世話役となって娘たちに尽くしてくれるだろうと思っている。

そこで叔母は《「時々ここにわたらせたまひて、御琴の音もうけたまはらまほしがる人なむはべる」》——時々は我が家にも来てほしい、[1]あなたの琴の音を聞きたがっている者もいるからなどと言って誘ってみる。侍従も同じように勧める。
もともと末摘花には《人にいどむ心にはあらで》とあるように、人と張り合う気持ちなどさらさらない。ただ《こちたき御ものづつみなればさもむつびたまはぬを、ねたしとなむ思ひける》と、度を越した引っ込み思案の人なので、たとえ叔母や侍従の誘いでも容易には受け付けようとはしない。大人しい癖にこちらの思うとおりには動かず、何を考えているのかわからないので、何と憎らしい人だと思われても仕方ないところがあるのだった。「こちたし」は、度を越していること。

注

① 娘たちのことをいう。末摘花は琴を唯一の趣味にしていたことは『末摘花』に見える。

叔母の誘いを断る

かかるほどに、かの家あるじ、大弐《だいに》になりぬ。娘どもあるべきさまに見置きて、下《くだ》りなむとす。この君をなほも誘《いざな》はむの心深くて、「はるかにかくまかりなむとするに、心細き御ありさまの、常にしもとぶらひきこえねど、近き頼みはべりつるほどこそあれ、いとあはれにうしろめたくなむ」などことよがるを、さらにうけひきたまはねば、「あなにく。ことことしや。心一つにおぼし上がるとも、さる藪原《やぶはら》に年経《へ》たまふ人を、大将殿も、やむごとなくしも思ひきこえたまはじ」など、怨《ゑん》じうけひたり。

そうこうしているうちに、《かの家あるじ》——あの叔母の夫が太宰の大弐に昇進する。太[1]

宰府の次官となって従四位下の身分を得たのである。太宰府に赴任するに当たっては、まず、《娘どもあるべきさまに見置きて下りなむとす》と、娘たちをしかるべき身分の男に縁づかせ、親が付いて世話をしなくてもいいようにした上で、筑紫に下るつもりだった。「見置く」は、前もって処置を講じておくこと。

そうなれば自分の身の周りのことは末摘花にやらせるしかない。叔母は何としても末摘花を一緒に連れて行かねばなるまいと心密かに決意し、《ことよがるを》――言葉巧みに誘う。この度、遙か遠い所に下向することになったが、私たちが京からいなくなれば、《心細き御ありさまの》と、一人取り残されて寂しい思いをするあなたのことがどうしても気になる。《常にしもとぶらひきこえねど、近き頼みはべりつるほどこそあれ、いとあはれにうしろめたくなむ」》――これまでもそんなに頻繁にあなたの所へ来ていたわけではなかったが、それはあなたが近くにいるから安心して気に止めていなかっただけである。だが、遠くに行くとなると話は別で、一人取り残されるあなたのことが可哀想で心配でならないのだ、などと語ったのである。

だが、末摘花は《さらにうけひきたまはねば》と、何としても承諾しない。叔母は業を煮やして《「あなにく。ことことしや」》――何と憎らしい、偉そうにしてなどと憎まれ口をたたく。そして皮肉をこめて、《心一つにおぼし上がるとも、さる藪原に年経たまふ人を、大将殿も、やむごとなくしも思ひきこえたまはじ」》――源氏が通ってくれるようになったのでいい気になり、源氏に愛されているとのぼせ上がっているようだが、長いことあんな草茫々のどうしようもない所に住んでいた人を、源氏のような高貴な人がいつまでも大切な人として思ってくれるとは到底思えない、などと言って、《怨じうけひたり》――恨んだり呪ったりするのだった。

さるほどに、げに世の中にゆるされたまひて、都に帰りたまふと、天の下《あめのした》のよろこびにて立ち騒ぐ。われもいかで、人より先に、深き心ざしを御覧ぜられむとのみ思ひきほふ男《をとこ》女《をんな》につけて、高きをも下《くだ》れるをも、人の心ばへを見たまふに、あはれにおぼし知ることさまざまなり。かやうにあわたたしきほどに、さらに思い出でたまふけしき見えで月日経《へ》ぬ。

今は限りなりけり、年ごろ、あらぬさまなる御さまを悲しういみじきことを思ひながらも、萌《も》え出づる春に逢ひたまはなむと念じわたりつれど、たびしかはらなどまでよろこび思ふなる御位あらたまりなどするを、よそにのみ聞くべきなりけり、悲しか

りしをりのうれはしさは、ただわが身一つのためになれるとおぼえし、かひなき世かなと心くだけてつらく悲しければ、人知れず音《ね》をのみ泣きたまふ。

やがて《げに世の中にゆるされたまひて、都に帰りたまふと、天の下のよろこびにて立ち騒ぐ》と、源氏の動向が世間に知らされる。果たして源氏は朝廷からの赦免の通達により、明石の地から都に無事戻ることが出来たという。それは都の人々にとって特筆すべき出来事だった。人々は源氏の帰還を歓迎し、誰しもが気持ちを抑えきれずに大騒ぎをして喜びを表した。

その人たちは《われもいかで、人より先に、深き心ざしを御覧ぜられむとのみ思ひきほふ男女につけて》と、自分も人より先にこの源氏への深い気持ちを、何とかして知ってもらおうと願って、男も女も競い合う始末である。

また《高きをも下れるをも》と、身分の高い者も低い者もそうした時に見せる《人の心ばえ》に、源氏はいたく心を動かされ、《あはれにおぼし知ることさまざまなり》とその心模様に共感し、人間への洞察力をさらに深めていく。

しかし、このように源氏をとりまく状況は帰京を祝う人々で溢れかえり、源氏は連日ただ慌ただしいばかりに過ごしていたので、《さらに思い出でたまふけしき見えで月日経ぬ》――末摘花のことなど頭からすっかり抜け落ちたまま、月日は無情に過ぎていった。

末摘花邸ではいくら待っても都に帰還したはずの源氏の訪れはない。自分は忘れ去られたのだ。絶望の淵に立たされた末摘花は、悲しいが、《今は限りなりけり》と、心につぶやかざるを得ない。それでも長い間《年ごろ、あらぬさまなる御さまを悲しういみじきことを思ひながらも、萌え出づる春に逢ひたまはなむと念じわたりつれど》[2]――思いもよらず流謫の身となった源氏のことを嘆き悲しんで、ひどい仕打ちだと思いながらも、草木も芽ぐむ春には逢うことが出来るようにと祈り続けてきたのだ。

それなのに今は《たびしかはらなどまでよろこび思ふなる御位あらたまりなどするを、よそにのみ聞くべきなりけり》――卑しい身分の者たちまで喜んでいるという、権大納言昇進の慶事さえ、他人事として聞かなければならない。「たびしかはら」[3]は、取るに足らない、下賤の者。

《悲しかりしをりのうれはしさは》と、源氏が都を去った折りの辛い思いは、《ただわが身一つのためになれるとおぼえし》[4]と、自分の身だけに振りかかったこととして《かひなき世かなと心くだけてつらく悲しければ、人知れず音をのみ泣きたまふ》――源氏のことはあきらめるしかないと言い聞かせてきたものの、居ても立ってもいられないほど、胸が苦しく、悲しみが胸一杯に広がって、ひっそりと声を上げて泣いてしまうのだった。

注
① 長官はたいてい赴任せず、大弐が実務をつかさどることが多い。地方官では最高の職。
② 「岩そそくたるひの上の早蕨《さわらび》の萌え出づる春になりにけるかな」(『古今六帖』)
③ 「たびし」は礫(石ころ)の意。「かはら」は瓦。瓦礫のようなつまらない者の意。
④ 「世の中は昔よりやは憂かりけむわが身一つのためになれるか」(『古今集』読人知らず)のことばに依る。

赤き木の実

大弐の北の方、さればよ、まさにかくたづきなく、人わろき御ありさまを、かずまへたまふ人はありなむや、仏聖《ほとけひじり》も、罪軽《かろ》きをこそ導きよくしたまふなれ、かかる御ありさまにて、たけく世をおぼし、宮、上《うへ》などのおはせし時のままにならひたまへる御心おごりのいとほしきことと、いとどおこがましげに思ひて、「なほ思ほし立ちね。世の憂《う》き時は見えぬ山路《やまぢ》をこそは尋《たづ》ぬなれ。田舎《ゐなか》などはむつかしきものとおぼしやるらめれど、ひたぶるに人わろげには、よもてなしきこえじ」など、いとことよく言へば、むげに屈《くん》じにたる女ばら、「さもなびきたまはなむ。たけきこともあるまじき御身を、いかにおぼして、かく立てたる御心ならむ」と、もどきつぶやく。

人目も憚らず叔母の目の前で泣き崩れる末摘花を見て、叔母は心の中でつぶやく。《さればよ、まさにかくたづきなく、人わろき御ありさまを、かずまへたまふ人はありなむや、仏聖も、罪軽きをこそ導きよくしたまふなれ、かかる御ありさまにて、たけく世をおぼし、宮、上などのおはせし時のままにならひたまへる御心おごりのいとほしきこと》と。――だから言った通りなんだ。こんな他に頼れる者もなく、いつもみっともない様子をしている人なんぞを誰が人並みに世話してくれるというのか。昔から仏や聖でさえまずは罪業の軽い者を、[1]よき方へ導いてくれるというではないか。ところが姫君ときたらこんなに落ちぶれているというのに、偉そうな態度で父上や母北の方が生きていた頃の暮らしぶりを少しも変えようとしない、その高慢な心根が何ともお気の毒なことだと思い、《いとどおこがましげに思ひて》――こんな馬鹿な人もいるものだと思って姫君を一層見下すのだった。

しかし、口の先では《「なほ思ほし立ちね。世の憂き時は見えぬ山路をこそは尋ぬなれ。田舎などはむつかしきものとおぼしやるめれど、ひたぶるに人わろげには、よもてなしきこえじ」など、いとことよく言へば》と、甘い言葉を並べて末摘花に太宰府行きを迫る。やはり決意されよ、世の中辛い時には苦しみのない山奥に籠もるのも良いと言うではないか、田舎などというと恐ろしいところのように思われるだろうが、ひどく体裁が悪いと思わせるようなもてなしをするところではないからと上手に言い含める。
《むげに屈じにたる女ばら》――先行きの不安にすっかり気が滅入っていた女房たちは、《「さもなびきたまはなむ。たけきこともあるまじき御身を、いかにおぼして、かく立てたる御心ならむ」》――主人は叔母殿の誘いを受けてくれたらいいのに。大したこともなさそうな御身の上だろうに、主人は一体何を考えてそんなに強情を張るのだろうと、非難がましくつぶやくのだった。

侍従も、かの大弐の甥《をひ》だつ人語らひつきて、とどむべくもあらざりければ、心よりほかに出で立ちて、「見たてまつり置かむがいと心苦しきを」とて、そそのかしきこゆれど、なほかくかけ離れて久しうなりたまひぬる人に頼みをかけたまふ。御心のうちに、さりとも、あり経《へ》てもおぼし出づるついであらじやは、あはれに心深き契りをしたまひしに、わが身は憂《う》くて、かく忘られたるにこそあれ、風のつてにても、わがかくいみじきありさまを聞きつけたまはば、かならずとぶらひ出でたまひてむと、年

ごろおぼしければ、

そのうちに侍従もあの大弐の甥という男と結ばれてしまう。甥もこの度は大弐に付きそって太宰府に赴かねばならない。《とどむべくもあざりければ、心よりほかに出で立ちて》と、男は妻となった侍従を、京に置いて自分だけ行くわけにはいかなかったので、侍従は心ならずも出立することになったのだった。

出立を前にして侍従は、《「見たてまつり置かむがいと心苦しきを」》――姫君を京に残したまま旅立つのは心苦しいと真情を訴え、なおも姫君に九州下向を勧める。しかし姫君の方は《なほかくかけ離れて久しうなりたまひぬる人》に望みを賭けていた。姫君の慕うその男はあいにく姫君のことなどすっかり忘れ去っているらしく、男の訪れは絶えたままなのだが、姫君はここを離れる気持ちにはどうしてもなれないのだった。

姫君は心の中で、《さりとも、あり経てもおぼし出づるついであらじやは、あはれに心深き契りをしたまひしに、わが身は憂くて、かく忘られたるにこそあれ、風のつてにても、わがかくいみじきありさまを聞きつけたまはば、かならずとぶらひ出でたまひてむ》と、固く信じているのである。

そうは言っても、今は忘れられたまま月日が経っていくが、源氏が自分のことを思い出してくれる機会は必ずやってくるはずだ。源氏はあれほど優しく心を込めて逢瀬の約束をしてくれたのだから。わが身に運がなくてこんなふうに忘れられているが、風の便りにでもこのひどい暮らしの有様を知ってくれれば源氏は必ず訪ねて来てくれると、ずっと信じているのである。

おほかたの御家居《いへゐ》も、ありしよりけにあさましけれど、わが心もて、はかなき御調《てう》度《ど》どもなども取り失《うしな》はせたまはず、心強く同じさまにて念じ過ぐしたまふなりけり。音《ね》泣きがちに、いとどおぼし沈みたるは、ただ山人《やまびと》の赤き木の実《み》一つを顔に放《はな》たぬと見えたまふ御側目《そばめ》などは、おぼろけの人の見たてまつりゆるすべきにもあらずかし。くはしく聞こえじ、いとほしうもの言ひさがなきやうなり。

《おほかたの御家居も、ありしよりけにあさましけれど、わが心もて、はかなき御調度どもなども取り失はせたまはず、心強く同じさまにて念じ過ぐしたまふなり》――屋敷の大方の様子もますますひどい荒れようを呈しているが、わずかに残された調度品などは手許に置いて無くならないように管理し、強く張り詰めた気持ちを保ちながら暮らしのぎりぎりのところをなんとか堪え忍んできたのである。

だが、いくら頑張ってみても現実は厳しい。《音泣きがちに、いとどおぼし沈みたる》状態に落ち込む。若い姫君は思い切り声を上げて泣き、泣いた分だけふさぎ込み、黙り込む。

そんな姫君の様子を語り手は、《ただ山人の赤き木の実一つを顔に放たぬと見えたまふ御側目などは、おぼろけの人の見たてまつりゆるすべきにもあらずかし》と言い放つ。まるで山人が赤い木の実一つを顔にくっつけて後生大事に放さないでいるように見える。その横顔は、普通の男だったら到底我慢できるものではないだろう。

しかしこれ以上のことは申し上げまい。語り手は姫君の容貌をずばりとたとえてみたものの、《いとほしうもの言ひさがなきやうなり》――そんな例えは気の毒でもあり、意地悪に思われてしまうかもしれないと、どうやら気の咎めを覚えているようである。

注

① 当時、現世の容貌の美に恵まれているのは、過去世における善因の結果だと考えられていた。末摘花のような人を相手にする男などいるはずがないという気持ちから。

禅師の君

冬になりゆくままに、いとどかき付かむかたなく悲しげにながめ過ぐしたまふ。かの殿には、故院の御料《れう》の御八講《みはこう》、世の中ゆすりてしたまふ。ことに僧などはなべてのは召さず、才《ざえ》すぐれて行ひにしみ、尊き限りを選《え》らせたまひければ、この禅師《ぜんじ》の君参りたまへりけり。帰りざまに立ち寄りたまひて、「しかしか。権大納言殿の御八講《みはこう》に参りてはべりつるなり。いとかしこう、生ける浄土の飾りに劣らず、いかめしうおもしろきことどもの限りをなむしたまひつる。仏菩薩《ほとけぼさつ》の変化《へんげ》の身にこそものしたまふめれ。五つの濁り深き世になどて生まれたまひけむ」と言ひて、やがて出でたまひぬ。言少《ことずく》なに、世の人に似ぬ御あはひにて、かひなき世の物語をだにえ聞こえ合わせたまはず。

《冬になりゆくままに》と、季節は容赦なく巡り、気持ちも凍り付いてしまいそうな寒い日々がやってくる。末摘花は《いとどかき付かむかたなく悲しげにながめ過ぐしたまふ》——源氏ならばきっと訪ねて来てくれると信じて、期待をしていた気持ちもそがれ、心に広がる悲しみにひたりながら、何するでもなくぼんやりと過ごすのだった。「かき付く」ということばが、他によるべのない姫君が、生きるためにたった一つの拠り所にしていたことをイメージ豊かに表している。

《①かの殿には、故院の御料《れう》の御八講《みはこう》、世の中ゆすりてしたまふ》とあるように、その頃、源氏は②故桐壺院の追善供養のための法華八講を催し、世間ではその話題でもちきりだった。規模の大きさばかりでなく、集められた僧たちの質の高さに皆感じ入り話題が集中した。

経を読む僧などは《なべてのは召さず、才すぐれて行ひにしみ、尊き限りを選《え》らせたまひければ、この禅師《ぜんじ》の君参りたまへりけり》——普通の僧ではなく才能も豊かで善行もしっかり積んでいる特別優れた僧ばかりが招待され、その中に末摘花の兄上の禅師の君もいて、御八講《みはこう》に出席していたのだった。禅師はその帰り道に妹の住む常陸宮邸に立ち寄った。興奮を押さえきれない兄は今見てきたばかりの御八講《みはこう》の輝くばかりの美しい有様をとうとうと語るのだった。

《いとかしこう、生ける浄土の飾りに劣らず、いかめしうおもしろきことどもの限りをなむしたまひつる。仏《ほとけ》菩薩《ぼさつ》の変化《へんげ》の身にこそものしたまふめれ。③五つの濁り深き世になどて生まれたまひけむ》——御八講《みはこう》はとても尊くてこの世の極楽浄土の飾り付けにも劣らず、荘厳で趣向の限りを尽くしたものだった。あんなに立派な御八講《みはこう》をとり行える源氏の君は仏菩薩の化身なのだろうか。そんな方がどうしてこんな濁り深い世に生まれてきたのだろう、などと言ったままさっさと帰ってしまうのだった。

この兄妹は《言少《ことずく》なに、世の人に似ぬ御あはひにて、かひなき世の物語をだにえ聞こえ合わせたまはず》——ことば数が少なく、世間で普通に見る兄妹の間柄とは違っていて、ちょっとした世間話を交わしたりすることもないのである。

注

① 源氏は秋帰京し、その年の冬のことである。

② 桐壺院追善の法華八講。十月に行われた。(「澪標」参照)

③ 「五つの濁り」は劫濁《こうじょく》・見濁《けん》・命濁《みょう》・煩悩濁《ぼんのう》・衆生濁《しゅじょう》の五種。悟りを開く妨げになるこの世の濁り。

叔母の急襲

さてもかばかりつたなき身のありさまを、あはれにおぼつかなくて過ぐしたまふは、心憂《う》の仏菩薩やとつらうおぼゆるを、げに限りなめりとやうやう思ひなりたまふに、大弐の北の方にはかに来たり。
例はさしもむつびぬを、誘《さそ》ひ立てむの心にて、たてまつるべき御装束《さうぞく》など調《てう》じて、よき車に乗りて、面《おも》もち、けしき、ほこりかにもの思ひなげなるさまして、ゆくりもなく走り来て、門《かど》開《あ》けさするより、人わろくさびしきこと限りなし。

姫君は心の中で《さてもかばかりつたなき身のありさまを、あはれにおぼつかなくて過ぐしたまふは、心憂の仏菩薩やとつらうおぼゆるを、げに限りなめり》――これほどの不運に見舞われているわが身を、可哀想にとは思ってくれてもどうにもならないと放っておくとは、何と情けない仏菩薩かと恨めしく思い、いよいよあきらめるしかないのだろうかと、思うようになった矢先に、何の前触れもなく大弐の北の方の訪れがあった。

この叔母とは普段から《さしもむつびぬ》と、そんなに親しく往き来のある間柄でもなかったが、叔母には、末摘花の気を引いてこのまま何とかして連れ出してしまおうという魂胆があった。そこで《たてまつるべき御装束など調じて》と、末摘花にあげようと新調したぴかぴかの衣服を携え、《よき車に乗りて》と、普段は乗らない最高級の車に乗りといった、いつになく気を張った出で立ちで、末摘花邸を目指したのである。

その時の叔母の様子は、《面もち、けしき、ほこりかにもの思ひなげなるさまして》とあり、我ながらよくぞ思い付いたと言わんばかりの、得意げで自信に満ち溢れていた。まさに末摘花邸訪問は叔母の思いつきの行動であって、《ゆくりもなく走り来て》と、勢いよく末摘花邸に飛び込んだというふうなのだ。「ゆくりもなし」は、思いもかけないことが突然起こりあわてる感じ。

だが、末摘花邸の前まで来ると、叔母の勢いははたと止まる。《門開けさするより、人わろくさびしきこと限りなし。左右の戸もみなよろぼひ倒れにければ、男ども助けてとかく開け騒ぐ》――邸のさびれ方は尋常ではない。門番を呼び、供人たちの力を借りて何とか門は開けさせたものの、左右の扉はよろめき倒れて、門の形を呈してないほどだった。さすがの叔母もその貧窮ぶりに愕然とするばかりである。こんなよそいきの身なりが何だかみっともなく感じられて、格好が付かない。

左右《ひだりみぎ》の戸もみなよろぼひ倒れにければ、男《をのこ》ども助けてとかく開《あ》け騒ぐ。いづれか、このさびしき宿にもかならずわけたる跡《あと》あなる三つの径《みち》と、たどる。わづかに南面《みなみおもて》の格子《かうし》上げたる間《ま》に寄せたれば、いとどはしたなしとおぼしたれど、あさましう煤《すす》けたる几帳《きちやう》さし出でて、侍従出で来たり。容貌《かたち》などおとろへにけり。年ごろいたうつひえたれど、なほものきよげによしあるさまして、かたじけなくとも、とりかへつべく見ゆ。

やっとの思いで邸内に車を乗り入れたが、雑草が茫々と生い茂って、寝殿へと続く道を見つけ出すのも容易ではない。《いづれか、このさびしき宿にもかならずわけたる跡あなる三つの径》――道はどこに付いているのだろうか、こんな荒《あば》ら家にも必ず通じる道が三①つはあると謂われるが、ともかくもその一つと思われる径を捜して辿って行く。そうして家②の寝殿の南側の格子を上げた一間へと行き着いて車を寄せる。

末摘花は、堂々として押し出しの立派な叔母がいきなり現れたので、《いとどはしたなしとおぼしたれど》——我が家のひどい有様がますます恥ずかしくてたまらないと思ったが、隠れるわけにもいかず仕方がなくて、《あさましう煤けたる几帳さし出でて、侍従出で来たり》と、驚くほど薄汚れた年代物の几帳を前に置いて、侍従に応対させる。

侍従は顔などが老けて見えた。《年ごろいたうつひえたれど》と、長い間宮邸に仕えるうちにすっかりやつれてしまったようだ。「つひえ」は物入り、損害、衰えること。それでも《なほものきよげによしあるさまして、かたじけなくとも、とりかへつべく見ゆ》と、侍従はどことなく洗練された美しさが備わり、奥ゆかしい感じの様子も伺える。恐れ多いことを言うようであるが、いっそ姫君と取り替えてしまいたい程に見えると、語り手はつい本音をこぼしてしまう。

「出で立ちなむことを思ひながら、心苦しきありさまの見捨てたてまつりがたきを、侍従の迎へになむ参り来たる。心憂くおぼし隔てて、御みづからこそあからさまにも

わたらせたまはね、この人をだにゆるさせたまへとてなむ。などかうあはれげなるさまには」とて、うちも泣くべきぞかし。されど行《ゆ》く道に心をやりて、いとここちよげなり。

叔母がまず口にしたのは、何よりも姫君の身を心配する気持ちだった。叔母は《「出で立ちなむことを思ひながら、心苦しきありさまの見捨てたてまつりがたきを、侍従の迎へになむ参り来たる》――姫君を一人残して旅立つことが余りに辛くて、なかなか旅立てないでいたが、ともかくも侍従だけでも一緒にと思って迎えに来たのだと言いつつ、日頃から抱く姫君への不満も一気に口にせずにはいられない。

《心憂くおぼし隔てて、御みづからこそあからさまにもわたらせたまはね、この人をだにゆるさせたまへとてなむ。などかうあはれげなるさまには》――あなたは私のことを嫌っておいでなのか、御自身では気軽に立ち寄ってくれることもなかったが、せめて侍従だけには暇をとらせてもらうことにするので承知おき願いたい。

それにしても、ここはどうしてこんなにみすぼらしいところなのだろうなどと、つい余計なこともつぶやく。叔母の口調は初め姫の身を案ずるふうだったが、言いたいことは全部言わせてもらうというふうに居直ったようだ。

語り手は普通の人だったら、《うちも泣くべきぞかし》と、姫の窮状に同情して涙ぐむところだが、叔母は赴任先のことにあれこれ思いを馳せているのか心地よさそうに見える。そんなはずんだ気持ちに促されるのか、叔母は積年の恨み辛みをこの時とばかりに思い切り吐き出すのだった。

「故宮おはせし時、おのれをば面伏《おもてぶ》せなりとおぼし捨てたりしかば、うとうとしきやうになりそめにしかど、年ごろも何かは。やむごとなきさまにおぼしあがり、大将殿などおはしまし通ふ御宿世《すくせ》のほどをかたじけなく思ひたまへられしかばなむ、むつびきこえさせむも憚《はばか》ること多くて過ぐしはべるを、世の中のかく定めもなかりければ、数ならぬ身は、なかなか心やすくはべるものなりけり。及びなく見たてまつり御ありさまのいと悲しく心苦しきを、近きほどはおこたるをりものどかに頼もしくなむはべりけるを、かくはるかにまかりなむとすれば、うしろめたくあはれになむおぼえたまふ」などかたらへど、心解けてもいらへたまはず。

《「故宮おはせし時、おのれをば面伏せなりとおぼし捨てたりしかば、うとうとしきやうになりそめにしかど、年ごろも何かは。》——思えば故宮が生きていた頃、受領の妻となった私を家の恥さらしだと、馬鹿にしてのけ者にしたことが、常陸宮家と疎遠になるきっかけとなってしまった。だが私はこれまでもそんなふうに姫君を疎ましく思ったことなど一度もない。

宮が亡くなった後も姫君は、《やむごとなきさまにおぼしあがり、大将殿などおはしまし通ふ御宿世のほどをかたじけなく思ひたまへられしかばなむ》と、高貴な身の上を固持されていたし、大将などが通うようになった幸運を私は恐れ多いことと存じ、《むつびきこえさせむも憚ること多くて過ぐしはべるを》と、親しく付き合うのも憚られて、ご無沙汰のまま月日が経ってしまったのだ。

しかし定めのないのが世の常と謂われるが、《数ならぬ身》の私どもはそんな世の動向に左右されることなどなく、かえって気楽でいられるのがいい。前には《及びなく見たてまつり御ありさま》と、及びも付かない遠い存在だったあなたの身の上が、今はとても悲しく感じられて胸が痛む。

だがまだ近くに住んでいるうちは、無沙汰を重ねていてものんびり構え、大丈夫だろうと気にしないでいられたが、《かくはるかにまかりなむとすれば、うしろめたくあはれになむおぼえたまふ》と、この度はご承知のようにはるか遠方に赴任することになったので、取り残されるあなたのことが心配で可哀想でならないのだなどと、叔母なりに気持ちを込めて語るのだった。

が、末摘花の方からは《心解けてもいらへたまはず》と、色よい返事もない。

「いとうれしきことなれど、世に似ぬさまにて、何かは。かうながらこそ朽《く》ちも失《う》せめとなむ思ひはべる」とのみのたまへば、「げにしかなむおぼさるべけれど、生ける身を捨てて、かくむくつけき住《すま》ひするたぐひははべらずやあらむ。大将殿の造り磨きたまはむにこそは、引きかへ玉の台《うてな》にもなりかへらめとは、頼もしうははべれど、ただ今は式部卿の宮の御女《むすめ》よりほかに心わけたまふかたもなかなり。

昔よりすきずきしき御心にて、なほざりに通ひたまひける所々、皆おぼし離れにたなり。まして、かうものはかなきさまにて藪原《やぶはら》に過ぐしたまへる人をば、心きよくわれを頼みたまへるありさまと尋ねきこえたまふこと、いとかたくなむあるべき」など言ひ知らするを、げにとおぼすもいと悲しくて、つくづくと泣きたまふ。

そして、《「いとうれしきことなれど、世に似ぬさまにて、何かは。かうながらこそ朽ちも失せめとなむ思ひはべる」》――私を心配しこうして駆けつけてくれる叔母上の気持ちはうれしいが、《世に似ぬさまにて》――私は世間とは関わらない変わり者なので、《何かは》――どうしてご一緒することなどできようか。どこへも行かずこの邸に残り、このままの状態で朽ち果てようと思っていると、自分の意志をはっきりと伝える。叔母の方もそうきっぱり断られると引くに引けなくなり、何としても連れて行かなくてはと強い気持ちが湧き、説得に本腰を入れる。

《げにしかなむおぼさるべけれど》——そう思うのももっともかも知れないが、と叔母は言ってまずは末摘花の気持ちを受け止める。続けて《生ける身を捨てて、かくむくつけき住ひするたぐひははべらずやあらむ》と、若い女がこんな気味の悪い邸に住み続ける非常識を、明白に、だが口調は優しく指摘する。叔母にとって末摘花がこの邸で暮らすことは、死んだ身同然の暮らしに映るのだろう。だが、邸がどんなにひどい状態になろうが、末摘花の気持ちに揺るぎはない。

やがて叔母は、末摘花は源氏に気持ちが残っているから、ここを動こうとはしないのだと気づく。そこで叔母は、世間の評判などから推察される源氏像のあれこれを語って聞かせる。《大将殿の造り磨きたまはむにこそは、引きかへ玉の台にもなりかへらめとは、頼もしうははべれど、ただ今は式部卿の宮の御女よりほかに心わけたまふかたもなかなり。昔よりすきずきしき御心にて、なほざりに通ひたまひける所々、皆おぼし離れにたなり》、などと語って聞かせる叔母は、源氏の動向には相当詳しい。

叔母が言うには、大将殿がこの邸に手を加えてくれたなら、見違えるような玉の御殿にもなろうが、あいにく大将殿の気持ちは、今は[3]式部卿の宮の娘ひと筋に注がれて、他の者には見向きもしない。

《昔よりすきずきしき御心にて、なほざりに通ひたまひける所々、皆おぼし離れにたなり》——あの方には昔から女好きなところがあって、あちこちに通い所があったが、いい加減な気持ちで通っていたところへは今は気持ちが離れて、通わなくなったというではないか。まして《かうものはかなきさまにて藪原に過ぐしたまへる人をば、心きよくわれを頼みたまへるありさまと尋ねきこえたまふこと、いとかたくなむあるべき》——こんなみすぼらしい有様の、荒れ果てた邸でかつがつ暮らしている人が、源氏だけを一途に思って待ち続けているなどということが耳に入ったとしても、ここまで訪ねて来てくれることなどとても無理だろうなどと、かんで含めるように言い聞かせると、末摘花は《げにとおぼすもいと悲しくて、つくづくと泣きたまふ》と、叔母の突きつける現実こそが真実であろうと思われ、止めどなく流れる涙と共にただ諾《うべな》うしかなかったのである。

注

① 陶淵明の「帰去来辞」の「三径就レ荒」をふまえて荒れていることを表した。

② 寝殿の南側の格子を上げた一間へ。「南面」は表座敷。

③ 紫の上のことをさす。

贈り物

されど動くべうもあらねば、よろづに言ひわづらひ暮らして、「さらば、侍従をだに」と、日の暮るるままに急げば、心あわたたしくて、泣く泣く、「さらば、まづ今日《け》《ふ》は、かう責めたまふ送りばかりにまうではべらむ。かの聞こえたまふもことわりなり。また、おぼしわづらふもさることにはべれば、なかに見たまふるも心苦しくなむ」と、忍びて聞こゆ。この人さへうち捨ててむとするを、恨めしうもあはれにもおぼせど、言ひとどむべきかたもなくて、いとど音をのみたけきことにてものしたまふ。

しかし、《動くべうもあらねば》と描かれるのは、固い決意で居残ることを決めた末摘花の姿である。そんな末摘花にもかまわず叔母はなおも、《よろづに言ひわづらひ暮らして》と、様々な角度からあれこれ説得を続ける。

しかし、色よい返事を聞き出せないまま時間ばかりが過ぎて、はや日暮れとなる。しびれを切らした叔母は何としても手ぶらでは帰りたくないと思い、新たな提案として侍従だけでも連れて行きたいと願い出たのである。侍従のように信用できる逸材の女房はなかなかいない。

事態の急変により、いきなり叔母に連れられて京を下ることになった侍従は、《心あわたたしくて、泣く泣く》と、ただ急き立てられるままに、ものも考えられず泣きながら主人に別れの挨拶を述べる羽目になる。

《「「さらば、まづ今日は、かう責めたまふ送りばかりにまうではべらむ》――それではひとまず今日のところは、こうまで熱心に誘ってくれる人を見送る気持ちで付いて行こう。《かの聞こえたまふもことわりなり》――あの方の言うこともっともなことであるし、《また、おぼしわづらふもさることにはべれば、なかに見たまふるも心苦しくなむ」》――また姫君が決めかねているのもよくわかるし、間に入って見ているのも辛くてたまらないものだからと、侍従は心情をこぼさずにはいられない。

しかし姫君には、行きたくもないのに姫君の身代わりとなって、叔母に付いて行かねばならなくなった侍従の立場や辛い気持ちは伝わらない。姫君は《この人さへうち捨ててむとするを、恨めしうもあはれにもおぼせど》と言ってだだをこねる。自分の傍らにいつも一緒に居てくれて自分の側から離れることなど考えたこともなかった侍従が、急に自分を一人置いて居なくなってしまうのが、本当に寂しくて許せない気持ちでいる。

だからと言って、《言ひとどむべきかたもなくて》と、今の末摘花には長い間尽くしてくれた侍従を、なおこのぼろ屋敷に引き留めることばなど浮かびようもない。末摘花は《いとど音をのみたけきことにてものしたまふ》と、一層大声で泣くことが、精一杯出来る自分の務めと心得ているかのように、ただただ泣き続けるのだった。

かたみに添へたまふべき見馴れ衣も、しほなれたれば、年経《へ》ぬるしるし見せたまふべきものなくて、わが御髪《ぐし》の落ちたりけるを取り集めて鬘《かづら》にしたまへるが、九尺余《よ》ばかりにて、いときよらなるを、をかしげなる箱に入れて、昔の薫衣香《くのえかう》のいとかうばしき、一壺《つぼ》具《ぐ》して賜《たま》ふ。

「絶ゆまじき筋を頼みし玉かづら

思ひのほかにかけ離れぬる
故《こ》ままの、のたまひ置きしこともありしかば、かひなき身なりとも、見果ててむとこそ思ひつれ、うち捨てらるるもことわりなれど、誰に見ゆづりてかと、恨めしうなむ」とて、いみじう泣いたまふ。

形見の品として侍従に持たせてやりたい普段着（「見馴れ衣」[1]）も、《しほなれたれば》と、いつも身に付けているので汗染みており、贈り物などにはとても使えない。だが、末摘花は《年経ぬるしるし見せたまふべきものなくて》――侍従には長い間本当によく仕えてくれたので感謝の気持ちを表したかった。何かそれにふさわしいものがないだろうかと家中見回すが、何も目に映ってこない。しばらく考えていたが、ふと末摘花は格好なものを思い付く。《わが御髪の落ちたりけるを取り集めて鬘にしたまへるが》あるではないか。
末摘花が常日頃、部屋のどこかしらに落ちていた自分の髪の毛を丹念に拾い集めて作り上げた、文字通り手製の鬘[2]である。そしてそれは《九尺余ばかりにて、いときよらなる》という、贈り物としては過分なほどの本当に美しく見事な鬘だった。末摘花の髪の豊かさ美しさについては、「頭つき髪のかかりはしも、うつくしげに、めでたしと思ひきこゆる人々にも、をさをさ劣るまじう、袿の裾にたまりて引かれたるほど、一尺ばかりあまりたらむと見ゆ。」とすでに紹介されている。(『イメージで読む源氏物語Ⅳ末摘花』86ページ)

末摘花はその鬘を《をかしげなる箱に入れて》と、家の片隅に残されてあった、とっておきの、いかにも趣深そうな箱に入れ、それに《昔の薫衣香》――宮家に古くから伝わる薫衣香の大層いい香りのする壺を添えて侍従に与えたのだった。それに「絶ゆまじき筋を頼みし玉かづら思ひのほかにかけ離れたる」――あなたとは絶えるはずがない縁と思って当てにしていたのに思いもかけず遠くに別れて行ってしまうとは。――と今の心情を詠み込んだ歌を添える。だが、どんなに素晴らしい贈り物を贈っても別れの歌を詠んでも胸の思いはくすぶったままだ。

末摘花はなお《故ままの、のたまひ置きしこともありしかば、かひなき身なりとも、見果てむとこそ思ひつれ、うち捨てらるるもことわりなれど、誰に見ゆづりてかと、恨めしうなむ」》と綿々と語り、挙げ句の果ては激しく泣く。あなたの母上である乳母も遺言に書き残してくれたとおり、私のことはあなたが最後まで世話してくれるものと思って安心していたのに。ふがいない私が捨てられるのは当然であろうが、残された私の世話を一体誰に頼んで行ってしまうというのかと、末摘花のことばは核心を突いて鋭く侍従に迫る。

この人も、ものも聞こえやらず。「ままの遺言《ゆいごん》はさらにも聞こえさせず。年ごろの忍びがたき世の憂さを過ぐしはべりつるに、かくおぼえぬ道にいざなはれて、はるかにまかりあくがるること」とて、

「玉かづら絶えてもやまじ行《ゆ》く道の
　手向《たむけ》の神もかけて誓はむ

命こそ知りはべらね」など言ふに、「いづら、暗うなりぬ」と、つぶやかれて、心も空にて引き出づれば、かへりみのみせられける。

侍従は《ものも聞こえやらず》と、溢れる涙にむせてことばもない。ややあって口を開く。「母の遺言についてはその通りで何も言えなくなる。これまでの長い年月をここで姫君と暮らして、《年ごろの忍びがたき世の憂さを過ぐしはべりつるに》——耐えられないような辛い目に合っても何とか我慢して過ごしてきたのに、《かく覚えぬ道にいざなはれて、はるかにま

かりあくがるること》――こうして何だか思いがけない旅に誘われて、はるばる九州の地までさまよい歩くことになってしまった」と言って、別れの歌を詠む。

《「玉かづら絶えてもやまじ行く道の手向の神もかけて誓はむ　命こそ知りはべらね」》――姫君とのご縁がなくなることは決してない。手向けの神に掛けても誓う。命ばかりはどうなるかわからないが。「手向けの神」は、道祖神のこと。

末摘花と侍従がこうして互いに慕る胸の思いを交わし合っていると、叔母が《「いづら、暗うなりぬ」》と、急き立てるようにつぶやく。

侍従はやむなく《心も空にて引き出れば、かへりみのみせられける》と、心ここにあらずの状態のまま言われたとおり車を引き出さねばならなくて、そのまま車に乗り込んだものの、後ばかり振り返って名残りを惜しむのだった。


年ごろわびつつも行《ゆ》き離れざりつる人のかく別れぬることを、いと心細うおぼすに、世に用ゐらるまじき老人《おいびと》さへ、「いでや、ことわりぞ。いかでか立ちとまりたま

はむ。われらも、えこそ念じ果つまじけれ」と、おのが身々《みみ》につけたるたよりども思ひ出でて、とまるまじう思へるを、人わろく聞きおはす。

侍従は《年ごろわびつつも行き離れざりつる人》と、長い間思いのままにならない暮らしを嘆いたりすることがあっても、末摘花の側を離れることはなかった人である。その人がこうして自分の側から居なくなったのは大きな打撃だった。ぽかりと心に空洞が開いたようだった。末摘花は《いと心細うおぼすに》と、唯さみしくて心細くてたまらなかった。

家に取り残された行き場のない役立たずの老人たちでさへ、《「いでや、ことわりぞ。いかでか立ちとまりたまはむ。われらも、えこそ念じ果つまじけれ」》——いやもう、無理もないことだ。侍従ともあろう人がこんなところにどうして留まっていられよう。わたしらだってとても辛抱し切れたものではないなどと、口々に言い合う。

そして《おのが身々につけたるたよりども思ひ出でて、とまるまじう思へるを》と、老人たちはそれぞれに記憶している人との縁を必死にたぐり寄せては、自分たちもここに留まってはいられないと思っているらしいのを、末摘花は《人わろく聞きおはす》と、これほどまで邸のことを悪く言われるのは、体裁の悪いことと思って聞いているのだった。

注
① 「見馴れ衣」は常に身につけていたふだん着。贈り物として最上のものとされた。
② かもじ。添え髪。当時旅立つ人に鬘を贈る風習があった。
③ 「まま」は乳母を親しんで呼ぶ語。侍従の母のこと。

木立のよすが

霜月《しもつき》ばかりになれば、雪霰《あられ》がちにて、ほかには消ゆる間《ま》もあるを、朝日夕日をふせぐ蓬葎《よもぎむぐら》の陰に深うつもりて、越《こし》の白山《しらやま》思ひやらるる雪のうちに、出で入る下人《しもびと》だになくて、つれづれとながめたまふ。はかなきことを聞こえなぐさめ、泣きみ笑ひみまぎらはしつる人さへなくて、夜も塵がましき御帳《みちやう》のうちもかたはらさびしく、もの悲しくおぼさる。

侍従が伯母に引き連れられて遠くに旅立ってしまった末摘花邸は、影のようにひっそりと佇むばかりである。季節も変わりいつのまにか厳しい寒さが邸を取り囲んでいる。霜月を迎え、末摘花邸でも毎日のように雪や霰の来襲を受けていた。

雪も霰もよその邸では陽が差せば消える時があるわけなのだが、ここの邸の蓬や葎は伸び放題伸びて、朝日夕日の恵みをさえぎってしまうので、雪も霰も消されてしまうことがない。蓬と葎の蔭で容赦なく積もっていく。その様子はまるで《越の白山》[①]を思わせる奥深い山の雪景色を呈している。そんな雪深く閉ざされた邸を出入りする者などなく、下人さえも見当たらない。

姫君は《つれづれとながめたまふ》と、終日為すこともなくぼんやりと時をやり過ごしている。常に側を離れず《はかなきことを聞こえなぐさめ、泣きみ笑ひみまぎらはしつる人さへなくて》と、とりとめのないことを言っては心を慰めてくれたり、泣いたり笑ったりしながら何かと気持ちを引き立ててくれた人、侍従はもう居ないのである。姫君の身辺には紛らわしようのない孤愁が漂う。

夜ともなればそれが一層顕著となる。《塵がましき》――男の訪れが絶えて久しい御帳の内での独り寝は、《かたはらさびしく、もの悲しくおぼさる》と、傍らに誰もいてくれないことのわびしさが一層意識され悶々として寝付くことさえ出来ない。

かの殿には、めづらし人に、いとどもの騒がしき御ありさまにて、いとやむごとなくおぼされぬ所々には、わざともえおとづれたまはず。ましてその人はまだ世にやおはすらむとばかりおぼし出づるをりもあれど、尋ねたまふべき御心ざしも急がであり経るに、年かはりぬ。

一方、無事帰京を果たした《かの殿》――源氏は《めづらし人に、いとどもの騒がしき御ありさまにて》と、やっとのことで再会のかなった妻の紫の上に夢中で側を離れられず、女房たちからうるさがられている始末である。従って《いとやむごとなくおぼされぬ所々には、わざともえおとづれたまはず》――余り大事に思っているわけではない女君たちの所には、わざわざ機会を作って会いに行ったりはしなかった。まして末摘花については《その人はまだ世にやおはすらむとばかりおぼし出づるをりもあれど》――あの人はまだ生きているだろうかといった程度に思い出すことは時折りあるものの、《尋ねたまふべき御心ざしも急がであり経るに、年かはりぬ》――女の元を訪ねてみなければという気持ちはついぞ起こらないまま、その年も暮れる。

卯月《うづき》ばかりに、花散里《はなちるさと》を思ひ出できこえたまひて、忍びて対《たい》の上に御暇《いとま》聞こえて出でたまふ。日ごろ降りつる名残《なごり》の雨すこしそそきて、をかしきほどに月さし出でたり。昔の御ありきおぼし出でられて、艶《えん》なるほどの夕月夜《ゆうづくよ》に、道のほどよろづのことおぼし出でておはするに、形《かた》もなく荒れたる家の、木立《こだち》しげく森のやうなるを過ぎたまふ。おほきなる松に藤の咲きかかりて、月影になよびたる、風につきてさと匂ふがなつかしく、そこはかとなきかをりなり。

年が明けて、花橘の香る四月を迎える頃、源氏は花の香に誘われるように花散里を思い出す。《対の上に御暇聞こえて》と、紫の上に花散里を訪ねることを告げる挨拶をしてから、多勢の供人は避け、こっそりと家を後にする。その道すがら、このところ降り続いていた《名残の雨》が少し降りそそいだ後の《をかしきほどに》と、澄んだ空に月がくっきりと顔を表す。

源氏は《昔の御ありきおぼし出でられて、艶なるほどの夕月夜に、道のほどよろづのことおぼし出でておはするに》――この風情ある夕月夜の情景に、忍び歩きに夢中だった頃の心ときめく様々な出来事を思い出している。

そうこうしているうちに、《形もなく荒れたる家の、木立しげく森のやうなるを》と、車は元の形がたどれないほど荒れ果てた家で、手入れがされていないまま庭の木立が茂りに茂って、森のようになっている所を通り過ぎる。

大きな松の木に藤の花がからむようにして咲き、《月影になよびたる、風につきてさと匂ふがなつかしく、そこはかとなきかをりなり》――月の光の中に風に乗ってわずかに揺れる藤の香がさっと匂ってくるのが妙に懐かしい。そのあるかなきかわからないほどの香りは恋の思い出を鮮やかに甦らせる。

橘《たちばな》にかはりてをかしければ、さし出でたまへるに、柳もいたうしだりて、築地《ついぢ》もさはらねば、乱れ伏したり。見しここちする木立かなとおぼすは、早うこの宮なりけり。いとあはれにておしとどめさせたまふ。例の、惟光《これみつ》はかかる御忍びありきに後《おく》れねば、さぶらひけり。召し寄せて、「ここは常陸《ひたち》の宮ぞかしな」「しかはべる」と聞こゆ。「ここにありし人は、まだやながむらむ。とぶらふべきを、わざとものせむも所狭《せ》し。かかるついでに入りて消息《せうそこ》せよ。よく尋ね寄りてを、うち出でよ。人違《たが》へしては、をこならむ」とのたまふ。

その香りはまた橘とは違った風情があり、源氏はすてきな所だと思いながら車から身を乗り出すようにして外を眺める。《柳もいたうしだりて、築地もさはらねば、乱れ伏したり》と、柳の枝が長く垂れ下がっているが、築地②も崩れていて邪魔をしないので、枝は好きな方に自らの意志で伏しているように見える。

《見しここちする木立かなとおぼすは、早うこの宮なりけり》——見覚えのある木立だとふと源氏が思ったのももっともなことで、ここここそ常陸宮邸だったのである。「早う」はそれもそのはずの意。「もともと」「すでに」の原義から転じた用法。

《いとあはれにておしとどめさせたまふ》——源氏はなつかしさで胸が一杯になり、急いで車を止めさせる。源氏の忍び歩きには欠かせない存在である惟光は、今回も供にと従っている。源氏は惟光を側ら近くに呼び寄せると、《「ここは常陸の宮ぞかしな」》と、念を押すように言って確かめる。惟光が《「しかはべる」》と、はっきり答えたので源氏の胸には忘れもしない一人の女の顔が浮かぶ。

あの人はどうしているだろう、会ってみたいものだと、込み上げる気持ちを抑えつつ、《「ここにありし人は、まだやながむらむ。とぶらふべきを、わざとものせむも所狭し》――ここにいた人は相変わらず物思いにふけっているのだろうか、会ってみたいがわざわざ出向くのも面倒だし、などと何気なさそうにつぶやいて、惟光には今も女に関心があることを知らせる。気持ちさえ伝えておけば後は察しのいい惟光が何とかしてくれる。

源氏は主人然として《「かかるついでに入りて消息せよ。よく尋ね寄りてを、[3]うち出でよ。人違へしては、をこならむ」》という、従者任せの我が儘な命を惟光に出す。惟光に命じたのは、まず来意を告げよ、事情をよく確かめてから話を切り出すように。人違いなんかで馬鹿な目に合いたくないからといった、驚くほど現実的な事柄だった。

注

① 越前の白山のこと。「越」は北陸道一帯の古称。「消え果つる時しなければ越路なる白山の名は雪にぞありける」(『古今集』凡河内躬恒)

② 「築地」は「築泥《ついひぢ》」のつづまった形。泥を築き固めて作った塀。

③ 「を」は強意の助詞。もうここには住んでいないかもしれないから。

惟光の露払い

ここには、いとどながめまさるころにて、つくづくとおはしけるに、昼寝の夢に故宮の見えたまひければ、覚《さ》めていと名残《なごり》悲しくおぼして、漏《も》り濡れたる廂《ひさし》の端つかたおしのごはせて、ここかしこの御座《おまし》引きつくはせなどしつつ、例ならず世づきたまひて、

亡き人を恋ふる袂《たもと》のひまなきに
荒れたる軒のしづくさへ添ふ

も心苦しきほどになむありける。

ここは常陸宮邸である。ちょうど今は《いとどながめまさるころにて》と、長雨が続いて一層もの思いに耽りがちになる梅雨の頃合いである。ご多聞に漏れず姫君も《つくづくとおはしけるに》と、もの思いに耽って余念がない。

今日もうつらうつらとしていると、夢に故宮が現れたのだが、《覚めていと名残悲しくおぼして》と、はっと目覚めてみれば、どこにも故宮の姿がないことがわかって、一層悲しみを募らせているところだった。

けれども姫君は、何もしないで唯ぼんやりしているばかりの人ではなかった。侍従が居なくなった今は、自ら身辺のことにも気を回すことが出来るようになっていた。《漏り濡れたる廂の端つかたおしのごはせて、ここかしこの御座引きつくはせなどしつつ》と、このところの雨漏りで、じんわりしみが広がるように濡れてしまった廂の間の端の方を、女房に拭かせたり、あちこちの御座を整えさせたりといった気遣いを見せる甲斐甲斐しい姫君の姿は、以前には考えられなかったものである。

そしてさらに《例ならず世づきたまひて》と、世間並みになった姫君は、何かと歌を詠むようにもなっていた。その歌はたとえば、――亡き人を恋ふる袂のひまなきに荒れたる軒のしづくさへ添ふ――亡き父を慕って泣く涙で袂が乾く間もないのに、荒れた家では軒のしずくまでかかって袂は一層濡れるとあって、歌から伺える暮らしもいたわしい限りである。

惟光入りて、めぐるめぐる人の音するかたやと見るに、いささか人気《ひとげ》もせず。さればこそ、往来《ゆきき》の道に見入るれど、人住みげもなきものをと思ひて、帰り参るほどに、月明《あか》くさし出でたるに見れば、格子二間《ふたま》ばかり上げて、簾《すだれ》動くけしきなり。わづかに見つけたるここち、恐ろしくさへおぼゆれど、寄りて声《こわ》づくれば、いともの古《ふ》りたる声にて、まずしはぶきを先にたてて「かれは誰《た》ぞ。何人ぞ」と問ふ。

惟光は邸内に入ると、《めぐるめぐる人の音するかたやと見るに》と、あちこちぐるぐる巡って、どこかで人声でもしないだろうかと耳を傾けるが、《いささか人気もせず》と、人の気配などどこにもない。あたりはしんと静まり返っている。

《往来の道に見入るれど、人住みげもなきものをと思ひて、帰り参るほどに月明くさし出でたるに見れば》――これまでもこの道を通ると中をのぞき込んでみたものだが、人が住んでいそうにも見えなかった。《さればこそ》――やはり思った通りだと、源氏の所に戻ろうとしたちょうどその時に、月の光が差し込んでその家を明るく照らし出す。よく見ると、《格子二間[①]ばかり上げて、簾動くけしきなり》――格子が二間ほど上がっていて中の簾が動いているではないか。人がいる！《わづかに見つけたるここち、恐ろしくさへおぼゆれど》と、やっとのことで明らかに人が住んでいることを確認できたものの、恐ろしさで足がすくみそうである。が、意を決して《寄りて声づくれば》と、近寄り咳払いをして訪問を知らせる。すると邸の中から《いとも古りたる声にて、まずしはぶきを先にたてて「かれは誰ぞ。何人ぞ」と問ふ》――ひどくしわがれた老女の声がして、咳払いをした後、そこに居るのは誰か、何者かと聞く。

名のりして、「侍従の君と聞こえし人に、対面《たいめん》賜はらむ」と言ふ。「それはほかになむものしたまふ。されど、おぼしわくまじき女なむはべる」と言ふ声、いたうねび過

ぎたれど、聞きし老人《おいびと》と聞き知りたり。内には、思ひも寄らず、狩衣《かりぎぬ》なる男《をとこ》、忍びやかにもてなして、なごやかなれば、見ならはずなりにける目にて、もし狐などの変《へん》化《げ》にやとおぼゆれど、

惟光は名乗りを上げ、侍従の君を訪ねて来たことを丁寧に告げる。意を汲んだ老女は《「それはほかになむものしたまふ。されど、おぼしわくまじき女なむはべる」》——侍従はいま余所だが、その人と同じと考えてよい女だったらいると、何か意味ありげな言い方で答える。

老女は主従が別れ別れになってしまった先だっての出来事を匂わせたかったのだろう。が、惟光はその声に聞き覚えがあった。《いたうねび過ぎたれど、聞きし老人と聞き知りたり》と、相当年老いてはいるが、記憶を辿れば行き当たる声であった。「ねぶ」は、年を取る。老ける。

一方、女房たちは惟光が来ているなどとは夢にも思わず、御簾越しに来客の男を眺めている。《狩衣なる男、忍びやかにもてなして、なごやかなれば》——狩衣姿の男はしなやかな物腰でものやわらかに何か尋ねているような様子である。

《見ならはずなりにける目にて、もし狐などの変化にやとおぼゆれど》と、狩衣姿の男など目にしなくなって久しい女房たちには、惟光の姿が荒れ果てた所に潜んでいそうな狐や何かが、人にいたずらを仕掛けて姿を変えているのだとも見える。

近う寄りて、「たしかになむうけたまはらまほしき。変らぬ御ありさまならば、尋ねきこえさせたまふべき御心ざしも、絶えずなむおはしますめるかし。今宵《こよひ》も行《ゆ》き過ぎがてにとまらせたまへるを、いかが聞こえさせむ。うしろやすくを」と言へば、女どもうち笑ひて、「変らせたまふ御ありさまならば、かかる浅茅《あさぢ》が原をうつろひたまはではべりなむや。ただおしはかりて聞こえさせたまへかし。年経《へ》たる人の心にも、たぐひあらじとのみ、めづらかなる世をこそは見たてまつり過ごしはべれ」と、ややくずし出でて、問はず語りもしつべきが、むつかしければ、「よしよし。まづ、かくなむと聞こえさせむ」とて参りぬ。

惟光は近くに寄って行くと、御簾の向こうの老女に向かって、《たしかになむうけたまはらまほしき》——確かなことを聞きたいのだがと、念を押すように話しかけ一歩踏み込む。《変らぬ御ありさまならば、尋ねきこえさせたまふべき御心ざしも、絶えずなむおはしますめるかし。今宵[2]も行き過ぎがてにとまらせたまへるをいかが聞こえさせむ。うしろやすくを》——そちらの気持ちが変わっていなければ、主人はいつでも伺うつもりでいる。今宵も行き過ぎようとした車をわざわざ戻したくらいであるが、主人には何と返事をすればいいか、ありのままに答えてほしいとたたみかけて返事を促す。

すると女房たちは皮肉な笑いを漏らし、《「変らせたまふ御ありさまなれば、かかる浅茅が原をうつろひたまはではべりなむや。ただおしはかりて聞こえさせたまへかし。年経たる人の心にも、たぐひあらじとのみ、めづらかなる世をこそは見たてまつり過ごしはべれ」》と語り出す。

主人の気持ちが変わっていれば、誰が今もこんな所に住んでいられようか。あたりの様子を見て判断してほしい。私のような年寄りでもこんな人にはめったにお目にかかれるものではない。そのような人を主人と仰ぎ私どもはこれまで仕えてきたのだ。

しかしその口調が《問はず語りもしつべきが、むつかしければ》と、問わず語りの身の上話めいてきたのでいちいち聞いているのも煩わしくなる。惟光は《「よしよし。まづ、かくなむと聞こえさせむ」》と言って、老女の語りを制し、これまでのいきさつを源氏に知らせなければとつぶやいて源氏の元に戻った。

注

① 柱間二間。「間」は柱と柱の間。

② 今はじめて末摘花を思い出したのではないように言いなす惟光の機転。

傘の導き

「などかいと久しかりつる。いかにぞ。昔のあとも見えぬ蓬《よもぎ》のしげさかな」とのたまへば、「しかしかなむ、たどり寄りてはべりつる。侍従が叔母の少将といひはべりし老人《おいびと》なむ、変らぬ声にてはべりつる」と、ありさま聞こゆ。いみじうあはれに、かかるしげきなかに、何ごこちして過ぐしたまふらむ、今まで訪《と》はざりけるよと、わが御心の情《なさけ》なさもおぼし知らる。

源氏はなかなか戻って来ない惟光を、どうしたのだろうかといらいらしながら待っていた。ようやく現れたその姿を見て、ほっとしつつ、《「などかいと久しかりつる。いかにぞ。昔のあとも見えぬ蓬のしげさかな」》——何でこんなに遅くなったのだ。一体何があったのだ。蓬が生い茂って昔の跡が全然見えないではないかなどと、矢継ぎ早にことばを浴びせて苛つく気持ちを発散させる。

しかし惟光は、いつものように落ち着き払って、《「しかしかなむ、たどり寄りてはべりつる。侍従が叔母の少将といひはべりし老人なむ、変らぬ声にてはべりつる」》と、まず経過報告をする。惟光は、侍従の叔母の少将という老女房が、昔のままの声で応えてくれた旨を源氏に伝えたのである。

源氏はそれを聞くなりあわれさに胸が一杯になる。《いみじうあはれに、かかるしげきなかに、何ごこちして過ぐしたまふらむ、今まで訪はざりけるよ》——何ということだ。姫君はこんな草茫々の中でどのように過ごしていたのだろうか。自分はこのようにひどい状態になるまで末摘花のことなどすっかり忘れ、無沙汰を重ねてしまっていたのだと、胸がかきむしられる思いである。《わが御心の情なさもおぼし知らる》と、源氏は心の中でつくづくと自らの薄情さを思い知るのだった。

「いかがすべき。かかる忍びありきもかたかるべきを、かかるついでならではえ立ち寄らじ。変らぬありさまならば、げにさこそはあらめと、おしはからるる人ざまになむ」とはのたまひながら、ふと入りたまはむこと、なほつつましうおぼさる。ゆゑある御消息《せうそこ》もいと聞こえまほしけれど、見たまひしほどの口遅さもまだ変らずは、御使の立ちわずらはむいとほしう、おぼしとどめつ。

そしてなお荒れ果てた女の家を前にして、《「いかがすべき。》と、どうしたものかと迷い、自問自答を重ねる。こんな時でも源氏という人は現実に即して冷静な判断ができる。ゆえに女の気持ちが変わって別の男を通わせている場合だってあるのだとも思ってみる。余りにも長い年月が経ってしまっているのだから。

結局、《かかる忍びありきもかたかるべきを、かかるついでならではえ立ち寄らじ。変らぬありさまならば、げにさこそはあらめと、おしはからるる人ざまになむ》と、自分に言い聞かせ、会うことに決める。今は気軽に忍び歩きが出来る身ではないから、こんな偶然の機会に巡り合わない限り立ち寄ることなどないだろう。末摘花の気持ちが変わっていないのなら、それこそが末摘花の人となりを表しているのではないか、などと思ったのである。

だが、いざとなると《ふと入りたまはむこと、なほつつましうおぼさる》と、いきなりの訪問にはためらいを感じて行動には踏み出せない。「ふと」は、すばやく。さっと。不意になどの意。本当は久々に会うので《ゆゑある御消息もいと聞こえまほしけれど》と、心の込もったとっておきの歌を送りたい。

が、末摘花のあの《口遅さ》——返歌の読み口の遅さを思い浮かべると、その癖が変わっていないのならば、《御使の立ちわずらはむいとほし》と、使いの者は返歌を受け取るのが遅くなってなかなか帰途に着くことができないだろうなどということまで考えてしまうので、つい思い止まってしまうのだった。「立ちわずらふ」は、その場から立ち去りがたく思うこと。

惟光も、「さらにえ分けさせたまふまじき蓬の露けさになむはべる。露少し払はせてなむ、入らせたまふべき」と聞こゆれば、

尋ねてもわれこそとはめ道もなく
　深き蓬《よもぎ》のもとの心を

とひとりごちて、なほ下《お》りたまえば、御さきの露を、馬の鞭《ぶち》して払いつつ入れたてまつる。雨《あま》そそきも、なほ秋の時雨《しぐれ》めきてうちそそけば、「御傘《かさ》さぶらふ。げに木《こ》の下《した》露は、雨にまさりて」と聞こゆ。御指貫《さしぬき》の裾《すそ》は、いたうそほちぬめり。昔だにあるかなきかなりし中門《ちゅうもん》など、まして形《かた》もなくなりて、入りたまふにつけても、いと無徳《むとく》なるを、立ちまじり見る人なきぞ心やすかりける。

惟光も茂るに任せて草茫々の邸内を源氏に歩かせるのは忍びないので、《「さらにえ分けさせたまふまじき蓬の露けさになむはべる。露少し払はせてなむ、入らせたまふべき」》と提案する。蓬の露で裾がぐっしょりと濡れてしまうような所を直《じか》に踏み込んで行くのは嫌であろうから、せめて露を少し払わせた上で入って行くよう勧めたのである。

けれども源氏は、《「尋ねてもわれこそとはめ道もなく深き蓬のもとの心を」》——あちこち探し回ってでも私は尋ねよう、道もないほど蓬で覆われた所に暮らす変わらぬ人の心を求めてと、気持ちを込めた歌をくちずさみながら、車を降りる。惟光の心遣いに思いを致すよりも自らの強い好奇心に引きずられるかのように。《なほ下りたまえば》の《なほ》が、そんな源氏の、否定されても改めて肯定する気持ちを表す。

馬に乗って源氏に付き従って来た惟光はやむを得ず馬を下りる。[1]そして手にする馬の鞭を器用に使っては、車から降りてそのまま歩もうとする源氏の足下の露を払いながら、二人は蓬の庭を進んでゆく。

その上、[2]《雨そそきも、なほ秋の時雨めきてうちそそけば》と、雨がまるで秋の時雨のようにさあっと降りかかってくる。惟光は、《「[3]御傘さぶらふ。げに木の下露は、雨にまさりて」》――傘がある、全く木の下露はあの古歌の通り雨よりひどいのでなどと言いつつ、雑役の召使いに、源氏の足下に向けてすっと傘を差し掛けさせる。

しかし、《御指貫の裾は、いたうそほちぬめり》――源氏が身に付けている[3]指貫の裾はすっかり濡れてしまったようだ。「そぼつ」は濡れる。元々末摘花邸の[5]中門などは壊れかかっていて、あるのかないのかわからないような有様だったのが、年月が経ってしまった今は、その形すら残っていない。

源氏は《入りたまふにつけても、いと無徳なるを、立ちまじり見る人なきぞ心やすかりける》と思うのだった。「無徳なる」はぶざま、体裁が悪いこと。こんな門もないような所を入って行くのは格好がつかないことだが、この場で自分を見ている人が誰もいないので、ひとまず安堵の胸をなで下ろすのだった。

注

① 惟光が源氏を案内するこの情景は国宝『源氏物語絵巻』に描かれている。

② 雨の雫。催馬楽、律《りち》「東屋《あづまや》」の「東屋の　真屋あまりの　その　雨そそき　われ立ち濡れぬ　殿戸ひらかせ／かすがひも　とざしもあらばこそ　その殿戸　われ鎖《さ》さめ　おしひらいて来ませ　われや人妻《ひとづま》」による。

③ 「みさぶらひみ笠と申せ宮城野の木の下露は雨にまされり」（『古今集』東歌）による。「みさぶらひ」は侍の方よとよび掛けたことば。

④ 直衣の下に着ける袴。裾を紐でくくっている。

⑤ 末摘花の巻に「御車寄せなる中門のいといたうゆがみぼひて」とあった。

末摘花と会う

姫君は、さりともと待ち過ぐしたまへる心もしるく、うれしけれど、いとはづかしき御ありさまにて対面せむもいとつつましくおぼしたり。大弐の北の方のたてまつり置きし御衣《ぞ》どもをも、心ゆかずおぼされしゆかりに、見入れたまはざりけるを、この人々の、香《かう》の御唐櫃《からひつ》に入れたりけるが、いとなつかしき香《か》したるをたてまつりければ、いかがはせむに、着かへたまひて、かの煤《すす》けたる御几帳《きちやう》引き寄せておはす。

源氏の来訪を聞いた姫君はその喜びを隠すことが出来ない。《さりともと待ち過ぐしたまへる心もしるく》と、やはり思った通りだ、自分は、待ってさえいれば必ず来てくれるものと信じていた。源氏は私の気持ちを裏切らなかったと思い、うれしくて胸がときめく。けれども今から源氏に会うとなれば、《いとはづかしき御ありさまにて対面せむ》ことになると、着たきり雀のみすぼらしいなりで会うしかない現実に思いがゆく。「はずかし」は、自分の劣っている点が思われきまりが悪い。

だが、いくら何でもそれだけは失礼だし避けたい。家のどこかに仕舞ったままになっている着物などはないのだろうかと頭を巡らせた時、ふと浮かんだのは、《大弐の北の方のたてまつり置きし御衣ども》であった。

先だって北の方が、末摘花を九州まで連れて行き、任地で身の周りの世話でもさせようという魂胆を抱いてやって来た時に、末摘花が着るのに手頃な衣服を何枚も新調して土産に、と持たせてくれたのである。しかし本人は、《心ゆかずおぼされしゆかりに、見入れたまはざりけるを》と、気にくわない人のくれたものだからと、見向きもせずにそのままにしておいた。

それを、邸に残された行き所のない老女房たちが、《この人々の、香の御唐櫃に入れたりけるが、いとなつかしき香したるをたてまつりければ》[1]と、気をきかせて香の薫る唐櫃に入れておいてくれた。お蔭で女房たちは快い香の染みついた着物を唐櫃から引っ張り出して末摘花に差し出すことが出来たのである。

末摘花は、《いかがはせむに》と、多少の抵抗感があったものの、他に着るもののないので

《着かへたまひて、かの②煤けたる御几帳引き寄せておはす》――おもむろにその真新しい着物に手を通すと、例の汚れて黒ずんだ御几帳を引き寄せて座り、源氏が現れるのを待った。

入りたまひて、「年ごろの隔てにも、心ばかりは変らずなむ、思ひやりきこえつるを、さしもおどろかいたまはぬ恨めしさに、今までこころみきこえつるを、杉ならぬ木立《こだち》のしるさに、え過ぎでなむ、負けきこえにける」とて、帷《かたびら》をすこしかきやりたまへれば、例のいとつつましげに、とみにもいらえきこえたまはず。かくばかり分け入りたまへるが浅からぬに、思ひおこしてぞ、ほのかに聞こえ出でたまひける。

源氏は部屋に入ると、《「年ごろの隔てにも、心ばかりは変らずなむ、思ひやりきこえつるを、さしもおどろかいたまはぬ恨めしさに、今までこころみきこえつるを、③杉ならぬ木立のしるさに、え過ぎでなむ、負けこえにける」》などと、無沙汰の言い訳を長々と述べながら、帳[④]を少しかき上げて、姫君を覗く。

源氏の得意な言い訳をたどると、ご無沙汰しても気持ちだけは変わらずにあなたを思っていたが、あなたの方はそれほど思ってはくれず、便りも寄越してくれないのがつらかった。これからどうしようかと様子を伺っていたのだが、今あなたの家の木立がはっきりと見えて通り過ぎることが出来ず、私はあなたとの根比べに負けてしまったということになるなどと、一篇の恋物語がたちまちのうちに出来上がるのだった。

けれども、末摘花は相も変わらず恥ずかしそうにしているだけで打ち解けてくれない。《とみにもいらえきこえたまはず》と、直ぐには返事もしない。

しかし末摘花は心の中では、このまま黙っているのはいけないと焦っていた。《かくばかり分け入りたまへるが浅からぬに》と、源氏の心中を慮れば、源氏はただでさえ多忙なのに、こんな草茫々の荒《あば》ら家にわざわざ足を運んでくれたのは、それなりの気持ちがあってのことなのだと思えてくる。

末摘花は、《思ひおこしてぞ、ほのかに聞こえ出でたまひける》と描かれているように、気持ちを奮い立たせて、聞こえるか聞こえないかの声ではあるが、返事をしたのである。それを受けて、源氏は再び語りかける。

「かかる草隠れに過ぐしたまひける年月《としつき》のあはれもおろかならず、また変らぬ心ならひに、人の御心のうちもたどり知らずながら、分け入りはべりつる露けさなどをいかがおぼす。年ごろのおこたり、はた、なべての世におぼしゆるすらむ。今よりのちの御心にかなはざらむなむ、言ひしに違《たが》ふ罪も負ふべき」など、さしもおぼされぬことも、情々《なさけなさけ》しう聞こえなしたまふことどもあめり。

《「かかる草隠れに過ぐしたまひける年月のあはれもおろかならず》——あなたのような方がこのような草深い邸で過ごしてきた長い年月を思うと感慨もひとしおで、並一通りのことばでは言い尽くせないものがあるだろうと心を寄せ、末摘花のけなげな気持ちをねぎらう。

そうしてから、《「また変らぬこころならひに、人の御心のうちもたどり知らずながら、分け入りはべりつる露けさなどをいかがおぼす》と、巧みに話を運んで相手を自分の世界に巻き込んでいく。自分は心変わりはしない男なので、昔の気持ちのままあなたの気持ちなどおかまいなくここまで露にぬれながら辿り着いたのをどう思うか。さらに《年ごろのおこたり、はた、なべての世におぼしゆるすらむ。今よりのちの御心にかなはざらむなむ、言ひしに違ふ罪も負ふべき」》——須磨流謫のご無沙汰は誰に対しても同じなのだから大目に見てくれるだろうが、これ以後御心に添わないことがあったら、約束を無視した咎で罪を負うつもりだ」などと言い聞かせるのだった。源氏という人は《さしもおぼされぬことも、情々しう聞こえなしたまふことどもあめり》——それほど心には思っていないことでもいかにも情愛深く思っているように、ことばを巧みにたぐり寄せる力に長けた人なのだと、語り手は常日頃から感じ入っているので、声を大にして言いたい。

注

① 衣類を入れて、香を移らせるためのふたのついた大型の箱。

② 前に北の方が訪れたとき、「あさましう煤けたる几帳さし出でて」とあったもの。

③ 「お邸の木立がいかにも人待ち顔にはっきり目につきましたので」「わが庵は三輪の山もと恋しくはとぶらひ来ませ杉立てる門」（『古今集』読人知らず）を引く。

④ 帷・帳《とばり》・几帳の垂れ絹。

塔こぼちたる人

立ちとどまりたまはむも、所のさまよりはじめ、まばゆき御ありさまなれば、つきづきしうのたまひすべして出でたまひなむとす。引き植ゑしならねど、松の木高《こだか》くなりにける年月《としつき》のほどもあはれに、夢のやうなる御身のありさまもおぼし続けらる。

「藤波《ふじなみ》のうち過ぎがたく見えつるは

　松こそ宿のしるしなりけれ

数《かぞ》ふればこよなう積りぬらむかし。都に変りにけることの多かりけるも、さまざまあはれになむ。今のどかにぞ鄙《ひな》の別れにおとろへし世の物語も聞こえ尽くすべき。年経たまへらむ春秋の暮らしがたさなども、誰にかはうれへたまはむと、うらもなくおぼゆるも、かつはあやしうなむ」など聞こえたまへば、

年を経《へ》て待つしるしなきわが宿を

花のたよりに過ぎぬばかりかと忍びやかにうちみじろきたまへるけはひも、袖の香《か》も、昔よりはねびまさりたまへるにやとおぼさる。

源氏は、自分がいとも簡単に女を捨てるような冷たい男ではないことを訴えたい余りに、つい大げさなことを言う羽目になってしまった。だがさしあたって、自分は昔馴染んだ男として、今夜ここに泊まれるだろうか、と自問すれば正直なところ自信はない。目の前の邸の有様は何もかもが、《まばゆき御ありさまなれば》と、まともに見てはいられないほど荒廃し切っている。ここで一夜を過ごすことなど論外だ。《つきづきしうのたまひすべして出でたまひなむとす》と、その場しのぎに何か適当なことを言って立ち去るつもりである。

それにしても古歌（「引き植えし人はむべ細かいこそ老いにけれ松の小高くなりにけるかな」）のように、自分が植えたというわけではないが、庭の松の木は高々と枝を張って伸び、無沙汰を重ねてきた長い年月をしみじみと甦らせてくれる。

源氏は、帝の子でありながら、どちらかと言えば苦難の多い人生を送ってきたが、自分に降りかかってきた様々な出来事が今、夢のように脳裏をよぎる。その感慨を「藤波のうち過ぎがたく見えつるは松[1]こそ宿のしるしなりけれ」――松にからんで咲く藤波に心ひかれてつい立ち止まってしまったのは、この松の木に見覚えがあったからだと、歌に詠み込みつつ独り言のように語りかける。

《数ふればこよなう積りぬらむかし。都に変りにけることの多かりけるも、さまざまあはれになむ。今のどかにぞ鄙の別れにおとろへし世の物語も聞こえ尽くすべき。年経たまへらむ春秋の暮らしがたさなども、誰にかはうれへたまはむと、うらもなくおぼゆるも、かつはあやしうなむ」》――ここへ来なくなってずいぶんと年月が経ったものだ。その間に都ではいろいろ変わってしまったことが多いが、こうして変わらぬものを見せつけられると感慨もひとしおである。そのうちゆっくりと、自分が都落ちして田舎住まいを余儀なくさせられ、す[2]っかり落ちぶれてしまった時の身の上話など全部お話ししよう。こんな暮らし向きの辛い話など自分以外の誰に打ち明けられるというのだろうかなどと、勝手に信じて疑わないのも、考えてみればおかしなことだと、語り手は源氏の思い込みを揶揄する。

だが末摘花は、今回は源氏が偶然立ち寄っただけの訪問であることを見抜く。そんな末摘花は、《年を経て待つしるしなきわが宿を花のたよりに過ぎぬばかりか》――長の年月をひたすら待ち続けた甲斐もなく、あなたは振り向いてもくれなかったのに、今夜いきなり来てくれたのは、ただ藤の花を愛でるためだろうと詠んで、源氏の逃げの姿勢には容赦しない。
源氏はそんな末摘花の《忍びやかにうちみじろきたまへるけはひも、袖の香も》と、ひっそりと歌を詠む様子も着物にたきしめられた袖の香も、確かに昔よりはずっと《ねびまさりたまへるにや》と、女らしくなっているのではないかと思う。

月入り方になりて、西の妻戸《つまど》のあきたるより、さはるべき渡殿《わたどの》だつ屋《や》もなく、軒のつまも残りなければ、いとはなやかにさし入りたれば、あたりあたり見ゆるに、昔に変らぬ御しつらひのさまなど、しのぶ草にやつれたる上《うへ》の見るめよりは、みやびやかに見ゆるを、昔物語に、塔《たふ》こぼちたる人もありけるをおぼしあはするに、同じさまにて年古《ふ》りにけるもあはれなり。ひたぶるにものづつみしたるけはひの、さすがにあてやかなるも、心にくくおぼされて、さるかたにて忘れじと心苦しく思ひしを、年ごろさまざまのもの思ひにほれぼれしくて隔てつるほど、つらしと思はれつらむといとほしくおぼす。かの花散里も、あざやかに今めかしうなどは花やぎたまはぬ所にて、御目移しこよなからぬに、咎《とが》多う隠れにけり。

ちょうど月が沈もうとする頃合いになって、西の妻戸の開いているところから、《さはるべき渡殿だつ屋もなく、軒のつまも残りなければ》と、邪魔になる渡殿の屋根もなく軒端も朽ち果てているので月の光が華やかに差し込む。

月の光は《あたりあたり見ゆるに》と、部屋のそこかしこを明るく照らし出す。《昔に変らぬ御しつらひのさまなど、しのぶ草にやつれたる上の見るめよりは、みやびやかに見ゆるを》——昔と変わらない室内の道具類などの様子は、しのぶ草に覆われて見る影もない外観よりは優雅な趣を呈している。

《昔物語に、塔こぼちたる人もありけるをおぼしあはするに、同じさまにて年古りにけるもあはれなり》と、夫の留守中妻の所に他の男が通っているのではないかという夫の疑いを避けるために、妻は塔の壁を壊し夜通し明かりをつけていたという昔の物語を思い合わせる。その物語の女と同じように末摘花も他の男に頼ろうともせず、貧乏暮らしのまま年を取っていったのも不憫である。

源氏は末摘花の《ひたぶるにものづつみしたるけはひの、さすがにあてやかなるも、心にくく》といったような、ただただ恥じらって引き込もろうとする様子に対しては、さすがに気品があり奥ゆかしいと好感を持って見ている。

だからこそ末摘花のことは《さるかたにて忘れじと心苦しく思ひしを》と、恋人としてというより庇護すべき人として忘れまいと、何かと気に掛けていたのに、この頃の《さまざまのもの思ひにほれぼれしくて隔てつるほど》と、わが身に降り懸かる様々な悩みごとに心を奪われてつい訪れを怠ってしまった。末摘花にはさぞ薄情者と思われていたことだろうと、可哀想に思えてならないのだった。

《かの花散里も、あざやかに今めかしうなどは花やぎたまはぬ所にて、御目移しこよなからぬに、咎多う隠れにけり》――あの花散里も、人目にもくっきり映るように気配りをするといった、流行の先端を追う華やかなところはない人だが、源氏から見れば、末摘花を見る目で花散里を見てもそう違いはなく、末摘花の欠点も多くは隠れてしまうのであった。

蓬生　注

①「松」に「待つ」を掛ける。下の句は「杉ならぬ木立のしるさに、え過ぎでなむ、負けきこえにけ

る」と源氏が言ったのを踏まえる。

② 「思ひきや鄙《ひな》の別れにおとろへて海士の縄たき漁《いさり》せむとは」(『古今集』隠岐国に流されてはべりける時によめる　篁朝臣《たかむらのあそむ》)

③ 夕方に出る月(上弦の月)の入りは夜半。

④ 「君しのぶ草にやつるる古里は松虫の音《ね》ぞ悲しかりける」(『古今集』読人知らず)による。

⑤ 未詳。山岸徳平氏は「親が供養のため造立した塔を、不孝者の子が破壊してしまった説話があったらしい」と述べておられる。

東の院へ

祭《まつり》、御禊《ごけい》などのほど、御いそぎどもにことづけて、人のたてまつりたる物いろいろに多かるを、さるべき限り御心加へたまふ。中《なか》にもこの宮には、こまやかにおぼし寄りて、むつましき人々に仰《おほ》せ言《ごと》賜ひ、下部《しもべ》どもなどつかはして、蓬《よもぎ》払はせ、めぐりの見苦しきに、板垣といふもの、うち堅めつくろはせたまふ。かう尋ね出でたまへりと聞き伝へむにつけても、わが御ため面目《めんぼく》なければ、わたりたまふことはなし。

源氏の住まう二条の院の北側にずらりと並ぶ蔵には、人々からの献上品が詰まっている。賀[1]茂の祭りや御禊の日が近づくと、源氏が京の街を華やかに練り歩く行列を準備するには、何かと物入りが多いだろうと、人々が察してくれるので蔵の品々も自ずと増えるのである。

だが源氏は、それらの献上品を自分の庇護する女たちに、それぞれの事情に応じて配ってしまう。中でも末摘花については、《こまやかにおぼし寄りて》と、暮らし向き全般にわたって姫の面目をつぶさないよう気を配りつつ援助を続ける。そのために《仰せ言》は、配下の者の中でも特に気心の知れた者に言いつける。

《仰せ言》を受けた《下部ども》――雑事に召し使われる下男は、早速末摘花邸に出向くと、まず鬱蒼と生い茂る蓬を払い、それから邸を囲む塀が見苦しく崩れているので、板垣というものに作り替え、たちまちのうちに修繕を施して何とか邸全体の形を整えていったのである。しかし、源氏は余計なところまで気が回る。そのうちに、源氏が蓬生を分け入って常陸宮を探し出したそうだ、と世間で評判になるだろうが、相手が常陸宮では、自慢が出来て面目が立つようなことは何もないので、わざわざこちらから宮邸を訪ねることはしないのだった。

御文《ふみ》いとこまやかに書きたまひて、二条の院いと近き所を造らせたまふを、「そこになむわたしたてまつるべき。よろしき童女《わらはべ》など、求めさぶらはせたまへ」など、人々の上《うへ》までおぼしやりつつ、とぶらひきこえたまへば、かくあやしき蓬のもとには置き所なきまで、女ばらも空を仰ぎてなむ、そなたに向きてよろこびきこえる。なげの御すさびにても、おしなべたる世の常の人をば目とどめ耳たてたまはず、世にすこしこれはと思ほえ、ここちとまる節《ふし》あるあたりを尋ね寄りたまふものと人の知りたるに、かく引き違《たが》へ、何ごともなのめだにあらぬ御ありさまをものめかし出でたまふは、いかなりける御心にかありけむ。これも昔の契りなめりかし。

その代わりに《御文いとこまやかに書きたまひて》と、誠意を込めた手紙を書いて姫の気持ちを慰める。手紙には、今二条院の直ぐ近くに邸を建築中で、《「そこになむわたしたてまつるべき。よろしき童女など、求めさぶらはせたまへ」》――あなたをその一角に住まわせたいと思っているので、身元のしっかりした童女などを仕えさせるようにしてほしい、というようなことが書かれてあった。

手紙を読んだ侍女たちは、源氏が、仕える者の身の振り方まで考えてくれていることにひどく感動する。《かくあやしき蓬生のもとには置き所なきまで、女ばらも空を仰ぎてなむ、そなたに向きてよろこびきこえる》――こんなみすぼらしい荒《あば》ら家に住む者にとっては身にあり余る幸運と、女たちも空を仰いでは、源氏の住む二条の院の方向に向かって礼を述べるのだった。

源氏という人は、《なげの御すさびにても、おしなべたる世の常の人をば目とどめ耳たてたまはず》と、一時の恋心に浮かれたりすることがあっても、世間並みの女には少しも関心を持たない。一般的に、男だったら《世にすこしこれはと思ほえ、ここちとまる節あるあたりを尋ね寄りたまふもの》――ほんのわずかでも世間からこの人はと注目され、心惹かれる点を持った女性を捜し求めていくものである。
が源氏の場合はこのように打って変わって、《何ごともなのめだにあらぬ御ありさまをものめかし出でたまふは、いかなりける御心にありけむ。これも昔の契りなめりかし》――何事に付けても人並みにさえ達していないような女でも、実際の有様は見ないようにして、何事も一人前に出来る女のように扱うのはどんな考えがあってのことなのか、これも前世の因縁があってのことなのだろう。

今は限りとあなづり果てて、さまざまにきほひ散りあかれし上下《うえしも》の人々、われもわれも参らむとあらそひ出づる人もあり。心ばへなど、はた、埋《むも》れいたきまでよくおはする御ありさまに、心やすくならひて、異《こと》なることなきなま受領《ずりやう》などやうの家にある人は、ならはずはしたなきここちするもありて、うちつけの心みえに参り帰る。

源氏の出現によって日の目を見ることになった末摘花邸には、噂を聞いた元の女房たちが続々と集まって来た。皆《今は限りとあなづり果てて》とあるように、末摘花邸の余りの貧窮ぶりを馬鹿にし切って、ここはどうしようもない所だと見切りを付け、邸を出てしまった連中である。こうした《さまざまにきほひ散りあかれし上下の人々》と、それぞれ我先にとちりぢりに去って行った主人付きの上流女房たちから下働きの者たちまで、我も我もと再び末摘花邸で働きたいと願い出る始末である。

というのもどうやら主人末摘花の《心ばへ》――気立てのよさが影響しているようである。主人は《心ばへなど、はた、埋れいたきまでよくおはする御ありさま》と、引っ込み思案も過ぎるほどの内気な人なので、人にうるさく文句を言ったりすることもなく、仕える者にとっては気楽で居心地がいいのだ。

ここの雰囲気に慣れてしまうと、ここ以外の《異なることなきなま受領などやうの家にある人は》――たいしたこともないつまらない受領の家などに仕えてしまった女房たちは、《ならはずはしたなきここちするもありて、うちつけの心みえに参り帰る》と、今まで経験したことがないような居心地悪さを体験したりする。がそんな時も、女房たちは悪びれもなくそこを捨て、いそいそと戻って来るのである。

君は、いにしへにもまさりたる御勢《いきはひ》のほどにて、ものの思ひやりもまして添ひたまひにければ、こまやかにおぼしおきてたるに、にほひ出でて、宮のうちやうやう人目見え、木草《きくさ》の葉もただすごくあはれに見えなされしを、遣水《やりみづ》かき払ひ、前栽《せんざい》のもとだちも涼しうしなしなどして、ことなるおぼえなき下家司《しもけいし》の、ことにつかへまほしきは、かく御心とどめておぼさるることなめりと見取りて、御けしき賜はりつつ、追《つい》従《しょう》しつかうまつる。

一方、末摘花を見付け出した源氏は、今や昔に優るほどの権勢を誇って勢いがあり、帰京後は物事を思いやる心も前より一段と深くなったので、末摘花邸に於ける指示も細かい。邸の内には瞬く間に変化が現れる。

邸内は《にほひ出でて、宮のうちやうやう人目見え》と、活気を帯び次第に人の出入りが見られるようになった。「にほひ」は、生き生きとした雰囲気。《木草の葉もただすごくあはれに見えなされしを》――庭の木草の葉も茂るに任せて伸び放題なのが、心苦しくてならなかったのが、《遣水かき払ひ、前栽のもとだちも涼しうしなしなどして》――遣水にたまった落ち葉や堆積土を取り払わせて水を引き入れさせ、植え込みの根本の草もきれいに刈り上げさせなどして、元の状態を取り戻した。

《ことなるおぼえなき下家司の、ことにつかへまほしきは、かく御心とどめておぼさるることなめりと見取りて、御けしき賜はりつつ、追従しつかうまつる》――特に目をかけられているわけでもない下家司②で、人に認められる働き方がしたいと思う者は、末摘花の機嫌をしきりに取っては追従し歩いて仕えたのである。なぜならば源氏は末摘花を気に入っており、末摘花のためなら隅々まで気を遣って面倒を見るに違いないと見て取るからである。

二年《ふたとせ》ばかりこの古宮《ふるみや》にながめたまひて、東《ひむがし》の院といふ所になむ、のちはわたしたてまつりたまひける。対面《たいめん》したまふことなどは、いとかたけれど、近きしめのほどにて、おほかたにもわたりたまふに、さしのぞきなどしたまひつつ、いとあなづらはし

げにもてなしきこえたまはず。かの大弐の北の方上《のぼ》りておどろき思へるさま、侍従が、うれしきものの、今しばし待ちきこえざりける心浅さをはづかしう思へるほどなどを、今すこし問はず語りもせまほしけれど、いと頭《かしら》いたう、うるさく、もの憂ければなむ。今またもついであらむをりに、思ひ出でてなむ聞こゆべきとぞ。

末摘花は二年ほどこの邸で過ごしてから、源氏の裁量により東の院という所に住まいを移すことになった。《対面したまふことなどは、いとかたけれど、近きしめのほどにて、おほかたにもわたりたまふに、さしのぞきなどしたまひつつ、いとあなづらはしげにもてなしきこえたまはず》——源氏が末摘花の所で泊まるなどということはなかなか難しいが、そこは源氏の住む二条の院に近い屋敷内にあるので、源氏は何気ない用事でこちらに渡る時には、ちょっと顔を出し、末摘花に挨拶をしたりして気を遣い、そうそう軽んじた扱いはしないのだった。

《かの大弐の北の方上りておどろき思へるさま、侍従が、うれしきものの、今しばし待ちきこえざりける心浅さをはづかしう思へるほどなどを、今すこし問はず語りもせまほしけれど、いと頭いたう、うるさく、もの憂ければなむ。今またもついであらむをりに、思ひ出でてなむ聞こゆべきとぞ》——語り手は例の北の方が五年間の太宰の大弐の任期を終えて上京し、末摘花が今は源氏に引き取られ、仕合わせな暮らしをしていることを知った時の驚きや、その時思ったこと、侍従が主人の仕合わせを喜びつつも、今少し待つことが出来なかった自らの浅はかさを身に染みて悔やんでいることなどを、問われなくとももう少し語りたかった。しかし、何やら頭が大層痛くてめんどうになり、気持ちが進まないので今日は止めにして、そのうちまた機会があったら思い出して語ることにするということである。

注

① 賀茂の祭は四月中《なか》の酉《とり》の日に行われる。「御禊」は祭に先立つ午の日（未《ひつじ》の日のこともあり）斎院が賀茂川で禊を行う。

② 「下家司」は下級の家司（親王・摂関・大臣および三位以上の家などで家政を司る職員）。四位・五位の者を「家司」「上家司」と称するのに対する言い方。

③ 「しめ」は、一区域を限り、領有を示すしるし。

関屋

関迎へ

伊予《いよ》の介《すけ》といひしは、故院《こゐん》かくれさせたまひてまたの年、常陸《ひたち》になりて下《くだ》りしかば、かの帚木《ははきぎ》もいざなはれにけり。須磨の御旅居《たびゐ》もはるかに聞きて、人知れず思ひやりきこえぬにしもあらざりしかど、伝え聞こゆべきよすがだになくて、筑波嶺《つくばね》の山を吹き越す風も浮きたるここちして、いささかの伝へだになくて年月かさなりにけり。限れることもなかりし御旅居《たびゐ》なれど、京に帰り住みたまひて、またの秋ぞ、常陸は上《のぼ》りける。

《[1]伊予の介といひしは、故院かくれさせたまひてまたの年、常陸になりて下りしかば、かの帚木もいざなはれにけり》と、冒頭から伊予の介という、読者にとって周知の人物の動向がもたらされる。伊予の介が[2]桐壺院崩御の翌年、[3]常陸の介となって任地に下ったと言う。

一行の中には常陸の介の妻空蟬も、当然ながら伴われて加わっているはずである。伊予の介の妻を指す《かの帚木》ということばが、源氏との出会いと別れを描いた過去の幾つかの場面に読者を引き戻し、二人の身に流れたそれぞれの歳月に思いを致すのである。

空蟬が源氏の須磨謫居の一件を耳にしたのは、都から遠く離れた夫の任国常陸に於いてである。その地で空蟬は須磨謫居の顚末を知ったのだった。空蟬は《人知れず思ひやりきこえぬにしもあらざりしかど》と、——密かに源氏の身を案じて心を乱さないわけではなかったが、空蟬の置かれた現実からすれば、それはどうにもならないことだった。

《伝え聞こゆべきよすがだになくて》と、空蟬には源氏への思いを伝える方法が何もなかった。あるとすれば手紙という手段が考えられるわけだが、二人の場合それがなかなか叶わない状況下におかれていた。《[4]筑波嶺の山を吹き越す風も浮きたるここちして、いささかの伝へだになくて年月かさなりにけり》——いくら思いを込めた手紙を書いても筑波嶺を越えて都へと至る道は余りに遠すぎて、使者に託す手紙が相手の手許に届くかどうか危ぶまれ、当てにならない気がして、どんな便りも控えるようになり、音信不通のまま月日を重ねてしまったという事情がある。

源氏の須磨謫居は期限が定まっていたわけではなかったが、源氏は様々な経験を経て無事都に帰ることが出来た。その翌年の秋に常陸の介もまた任期を終え上京して来たのだった。

関入《せきい》る日しも、この殿、石山に御願《ぐわん》果しに詣《まう》でたまひけり。京より、かの紀伊《き》の守《かみ》など言ひし子ども、迎へに来たる人々、この殿かく詣《まう》でたまふべしと告げければ、道のほど騒がしかりなむものぞとて、まだ暁より急ぎけるを、女車《をんなぐるま》多く、所狭《せ》うゆるぎ来るに、日たけぬ。打出《うちいで》の浜来るほどに、殿は粟田山《あはたやま》越えたまひぬとて、御前《ごぜん》の人々、道もさりあへず来こみぬれば、関山《せきやま》に皆下《お》りゐて、ここかしこの杉の下《した》に車どもかきおろし、木隠《こがく》れにゐかしこまりて過ぐしたてまつる。車など、かたへは後《おく》らかし、先に立てなどしたれど、なほ類《るい》ひろく見ゆ。車十《とを》ばかりぞ、袖口、ものの色あひなども漏《も》り出でて見えたる、田舎びず、よしありて、斎宮《さいくう》の御下《くだ》りなにぞやうのをりの物見車おぼし出でらる。殿もかく世に栄え出でたまふめづらしさに、数もなき御前《ごぜん》ども、皆目とどめたり。

《関入る日しも、この殿、石山に御願果しに詣でたまひけり》と、任国から京へと戻る常陸の介一行が、逢坂[5]の関に入るちょうどその日に、源氏もまた、須磨での立願が成就した御礼にと、石山寺に参詣に来ていたのである。

そうした源氏側の動きをいち早く知ったのは、京[6]から迎えに来た紀伊の守という先妻の子やその他常陸の介の関係者である。彼らは源氏一行と鉢合わせてしまえば《道のほど騒がしかりなむものぞとて》――道が車や人でさぞごった返すであろうと予測し、夜明け前に出発して道のりを急いだのだった。

しかし、《女車多く、所狭うゆるぎ来るに、日たけぬ》と、紀伊の守一行の方は、女車が多くて道一杯に広がり、ゆるゆると進むしかなく、いつのまにか日が高く昇っていたのである。打出[7]の浜までやって来ると、源氏一行は粟田山を越えたという報告を受ける。

《御前の人々、道もさりあへず来こみぬれば、関山に皆下りゐて、ここかしこの杉の下に車どもかきおろし、木隠れにゐかしこまりて過ぐしたてまつる》と、常陸の介一行は先駆け[8]の者たちが道を避けきれないほど源氏に付き従う人が大勢入り込んで来たので、ひとまず逢坂の関付近で皆、車を下り、あちこちの杉の木の元に車を引き寄せて、牛車の牛をはずし轅を下ろした。そして木陰に隠れるようにして座り、源氏一行が通過するのをうやうやしく待つことにしたのだった。

それでも常陸の介は混雑を予想して、車の一部は後から来させ、また一部は前日に立たせなどして混乱を避けようとしたのだが、やはり一族の縁者は本当に多いと感ぜざるを得ない。

十台ばかりの女車からは《袖口、ものの色あひなども漏り出でて見えたる》と、袖口や着物の襲の色合いがこぼれ出て、女君や女房たちの品性を伺うことが出来る。それらは《田舎びず、よしありて、斎宮の御下りなにぞやうのをりの物見車おぼし出でらる》と、田舎くさくはなく趣があって、斎宮[9]の下向の折の物見車を思い出すほどの華やかな雰囲気をかもして、見ごたえは十分である。

《殿もかく世に栄え出でたまふめづらしさに、数もなき御前ども、皆目とどめたり》――源氏が、世の人々にその美しい姿を見せるというのも久しぶりで、大勢の先駆の者たちは皆期待に胸を膨らませながら、源氏の車を見つめるのだった。

注

① 空蝉の夫。

② 桐壺院の崩御は源氏二十三歳の冬。須磨退居の三年前のことである。
③ 常陸の国守は大守と言って親王が任命されるが赴任せず、介が実務を執り行った。
④ 「甲斐が嶺を嶺越し山越し吹く風を人にもがもや言《こと》ってやらむ」（『古今集』東歌）を踏まえ、常陸にある筑波山に換え用いた。常陸からではあまりに遠いので、途中を不安に思って音信を控えたことを言う。
⑤ 逢坂の関は近江と山城の境、逢坂山にあり、東国に向かう関門であった。
⑥ 当時よく行われた関迎え（国境の関所まで出迎えること）の習慣による。
⑦ 大津市の湖岸。歌にもよく詠まれる。
⑧ 「梓弓春の山べを越えくれば道もさりあへず花ぞ散りける」（『古今集』紀貫之）のことばを借りる。
⑨ 斎宮が伊勢に下るには逢坂山を越える。

衛門の佐の役割

九月晦日《つごもり》なれば、紅葉《もみぢ》の色々こきまぜ、霜枯れの草、むらむらをかしう見えわたるに、関屋《せきや》より、さとはづれ出でたる旅姿どもの、色々の襖《あを》のつきづきしき縫物《ぬひもの》、括《くく》り染めのさまも、さるかたにをかしう見ゆ。御車は簾《すだれ》おろしたまひて、かの昔の小君《こぎみ》、今は衛門《ゑもん》の佐《すけ》なるを召し寄せて、「今日の御関迎へは、え思ひ捨てたまはじ」などのたまふ御心のうち、いとあはれにおぼし出づること多かれど、おほぞうにてかひなし。女も、人知れず昔のこと忘れねば、とりかえしてものあはれなり。

　　行《ゆ》くと来《く》とせきとめがたき涙をや
　　　絶えぬ清水《しみづ》と人は見るらむ

え知りたまはじかしと思ふに、いとかひなし。

九月下旬の頃なので、《紅葉の色々こきまぜ、霜枯れの草、むらむらをかしう見えわたるに》——山々の紅葉は様々の色に美しく染め上げられ、草むらは濃く薄く趣深い霜枯れに一面変容していた。

そんな中を関所の建物から、《さとはづれ出でたる旅姿どもの、色々の襖のつきづきしき縫物、括り染めのさまも、さるかたにをかしう見ゆ》と、——さっと飛び出して来たような旅姿の者たちを見れば、色とりどりの狩襖①をはおり、それには、よく似合った刺繍や絞り②染めの模様が施されて、旅行着の衣装としては風情に富んで洒落て見える。

源氏は車の簾を下ろして、あの昔の小君③、今は衛門の佐④を名乗る者を呼び寄せる。そして《「今日の御関迎へは、え思ひ捨てたまはじ」》——今日関まで出迎えた私の気持ちを無下にはなさるまい、と言った空蝉への伝言を昔のように小君に頼む。

源氏の胸には《いとあはれにおぼし出づること多かれど》と、しみじみと胸中をよぎる空蝉との場面が幾つも浮かび胸を締め付ける。しかし《おほぞうにてかひなし》と、通りいっぺんのこんな伝言だけでは真意は伝わらないが、どうしようもない。

《女も、人知れず昔のこと忘れねば、とりかえしてものあはれなり》——空蝉も源氏とのことは胸の奥深くにたたんで忘れることはなかった。それは図らずも、わが身を解き放って源氏と過ごすことになったかけがえのない一夜であり、今思い返しても胸が一杯になるのだった。

思わず空蟬は歌を口ずさむ。「行くと来とせきとめがたき涙をや絶えぬ清水と人は見るらむ」——逢坂の関を越えて行く者と越えて来る者が行き違って会うことが出来ず、止めどなく涙するのを、人は絶えず流れている清水と見るだろうか。「堰き止め」に「関」を掛ける。「清水」は、当時逢坂の関にあった「関の清水」のこと。

だが、《え知りたまはじかしと思ふに、いとかひなし》と、私がこうして歌を詠んでも源氏が知ることはないだろうと思うと、張り合いもなく気持ちが砕けてしまいそうになるのだった。


石山より出でたまふ御迎へに衛門の佐参れり。一日《ひとひ》まかり過ぎしかしこまりなど申す。昔、童《わらは》にて、いとむつましうらうたきものにしたまひしかば、爵《かうぶり》など得しまで、この御徳に隠れたりしを、おぼえぬ世の騒ぎありしころ、ものの聞こえに憚《はばか》りて、常陸に下《くだ》りしをぞ、すこし心置きて年ごろはおぼしけれど、色にも出だしたまはず。昔のやうにこそあらねど、なほ親しき家人《いへびと》のうちには数《かぞ》へたまひけり。紀《き》伊の守《かみ》といひしも、今は河内《かうち》の守にぞなりにける。その弟の右近《うこん》の尉解《ぞう》けて御供に下《くだ》りしをぞ、とりわきてなし出でたまひければ、それにぞ誰《たれ》も思ひ知りて、などてすこしも世に従ふ心をつかひけむなど思ひ出でける。佐《すけ》召し寄せて御消息《せうそこ》あり。今はおぼし忘れぬべきことを、心長くもおはするかなと思ひゐたり。

石山詣でを終えて帰途に着く源氏一行を出迎えにやって来たのは、衛門の佐となった小君である。小君は源氏に過日の、供に加わらずに常陸まで下ってしまった自らの勝手な行動を詫びる。

ここで語り手は、昔の源氏と小君との間にあった微妙で親密な関係を紹介する。それは《昔、童にて、いとむつましうらうたきものにしたまひしかば、爵など得しまで、この御徳に隠れたりしを、おぼえぬ世の騒ぎありしころ、ものの聞こえに憚りて、常陸に下りしをぞ、すこし心置きて年ごろはおぼしけれど、色にも出だしたまはず》、というものであった。

それによると、源氏は小君がまだ童の頃、身近に仕えさせて大層可愛がり、二人の間は固い信頼関係で結ばれていた。それは小君が源氏の威光で順調に出世をし、従五位下[5]に叙せられるまで続いたのだが、小君は源氏のこうした身に過ぎるまでの厚情を、無に帰してしまったのである。

源氏が苦境に立たされ須磨へ落ち延びる事態に追い込まれた時に、源氏へ向けられた世間の非難の目を恐れて、小君は常陸に下ってしまうのだ。しかし源氏は《すこし心置きて年ごろはおぼしけれど、色にも出だしたまはず》と、数年来はそんな小君の無礼な振る舞いを少々不快なことには思っていたが、表には全く出さなかった。そんなわけで源氏としては昔のようにはいかないものの、小君を今なお親しい家人の一人として扱い、変わらぬ信頼関係を示すのだった。

昔、紀伊の守だった者は、今では河内の守[6]となって従五位上の身である。《その弟の右近の尉解けて御供に下りしをぞ、とりわきてなし出でたまひければ、それにぞ誰も思ひ知りて、などてすこしも世に従ふ心をつかひけむなど思ひ出でける》と、源氏はその弟で、右近の尉を解任されて源氏の供に加わり須磨に下った者を、帰還後特に引き立てて良い地位を与えた。

そのことで誰もが己の愚かさを思い知り、どうしてわずかでも時世にへつらう気持ちを起こして源氏に背を向けてしまったのかと、あの時の行動を思い起こして反省するのだった。

《佐召し寄せて御消息あり。今はおぼし忘れぬべきことを、心長くもおはするかなと思ひゐたり》――一方源氏は衛門の佐を呼び寄せて、空蝉への手紙を託す。空蝉とのことなど遥か昔の出来事で、もう忘れて当然なのに、源氏という人は実に辛抱強く女と付き合う人なのだと衛門の佐は感心している。

注

① 「襖《あを》」は狩衣に裏のついたもの。位階により染色が異なる。
② 糸で布をくくり、部分的に白く染め残す染め方。その模様。
③ 空蝉の弟。源氏と空蝉の間の文使いをした。（帚木）
④ 衛門府の次官。従五位上相当。
⑤ 従五位下に叙せられることは当時の貴族社会で立身の最初の関門とした。
⑥ 河内《こうち》が大国で国守は従五位上。紀伊は上国・国守は従五位下。

心を交わす男と女

一日《ひとひ》は契り知られしを、さはおぼし知りけむや。

わくらばに行《ゆ》きあふ道を頼みしも
　なほかひなしや潮《しほ》ならぬ海

関守《せきもり》の、さもうらやましく、めざましかりしかな

とあり。「年ごろのとだえも、うひうひしくなりにけれど、心にはいつとなく、ただ今のここちするならひになむ。すきずきしう、いとど憎まれむや」とて賜へれば、かたじけなくて持て行《い》きて、「なほ聞こえたまへ。昔にはすこしおぼしのくことあらむと思ひたまふるに、同じやうなる御心のなつかしさなむ、いとどありがたき。すさびごとぞ用《よう》なきことと思へど、えこそすくよかに聞こえかへさね。女にては負けきこえたまへらむに、罪ゆるされぬべし」など言ふ。

空蟬に当てた源氏の手紙には、《一日は契り知られしを、さはおぼし知りけむや》——先日は思わぬ所でお会いして、あなたとは宿縁で結ばれていることをしみじみと感じたが、あなたもそう思わなかっただろうか、という前書きのあとに「わくらばに[1]行きあふ道を頼みしもなほかひなしや潮ならぬ海」——偶然に巡り合った道を近江路かと期待したが、やはりそうではなかった、貝のいる潮ではない海、つまり琵琶湖なのだから。その上、海松布（見る目）も生えていないのでここでは会うこともできない、という歌が詠まれていた。後書きには[2]《関守のさもうらやましく、めざましかりしかな》——あなたを守る番人が本当に羨ましく、しゃくにさわる奴だと思ったと、書かれていた。「ゆきあふ道」に「あふみぢ」（近江路）、「かひ」に「貝」を掛ける。

源氏は空蟬とのことについて《「年ごろのとだえも、うひうひしくなりにけれど、心にはいつとなく、ただ今のここちするならひになむ。すきずきしう、いとど憎まれむや》——二人の仲は長い間途絶えていたので、今さら手紙を送るのも間が抜けていて気が引けてしまうのだが、心の中ではいつも再会を夢見ていたので、つい昔の事がたった今の出来事のように思い浮かんでしまう。それが色好みの振る舞いだと一層嫌われるかもしれないが。」などと言いながら、手紙を衛門の佐にとらせる。「うひうひし」は気がひける。

佐はもったいないことだと思ってありがたく受け取り、それを空蟬の元へ届ける。そして源氏から受けた感動をそのままに、空蝉に一気に語る。
佐は空蝉に、源氏にはやはり返事を書くよう促す。源氏の思いは昔に比べれば当然浅くなっているだろうと思っていたのに、空蝉には昔と少しも変わらない深い愛情を持っていることが感じられ、そんな源氏の優しさを改めてありがたいことに思ったし、一時の慰めなどは無用のことと思うが、源氏の真情に触れればきっぱりと断ることなど出来ないものだ。女の身としては気持ちの上で受け入れてしまったとしても何のやましいこともなく、その罪は許されるだろうなどと語ったのだった。

今はましていとはづかしう、よろづのことうひうひしきここちすれど、めづらしきにや、え忍ばれざりけむ、
「逢坂の関やいかなる関なれば
しげきなげきの中を分くらむ
夢のやうになむ」と聞こえたり。あはれもつらさも忘れぬふしとおぼし置かれたる人

なれば、をりをりはなほのたまひ動かしけり。

しかし空蟬は昔もそうだったが、《今はましていとはずかしう、よろづのことうひうひしきここちすれど》――源氏との恋など今さら一層気が引けて、すべてのことがただただ決まり悪くてならない。

だが語り手は《めづらしきにや、え忍ばれざりけむ》と、文を見た空蟬の様子を見逃さない。源氏の文は気が引けるどころではなさそうな胸奥の秘めた恋心のうずきに触れる。空蟬は佐に言われるまでもなく、すぐに返事をしたためる。

それは《逢坂の関やいかなる関なればしげきなげきの中を分くらむ夢のやうになむ」》――逢坂の関は、逢うという名がついているのに、生い茂った木々のなかを分け入ってどうしてこんなにも深い嘆きを味わわなければならないのだろう。夢のように思われるといった、溢れんばかりの熱い思いを自分でも持て余しているように見える歌だった。《夢のやうになむ》という後書きのことばが余りにも率直で若々しく、未知の空蟬像を突きつけられる思いである。

元々源氏にとって空蝉という人は《あはれもつらさも忘れぬふしとおぼし置かれたる人》——いとしさも恨めしさも含めた忘れられない人として、心の中で大切に息づいている。源氏はこれを機会に《をりをりはなほのたまひ動かしけり》と、時折手紙を出して空蝉の心に揺さぶりをかけるのだった。

注

① 「潮満たぬ海と聞けばや世とともにみるめなくして年の経ぬらむ」(『後撰集』ある所に近江といひける人のもとにつかはしける　貫之)

② 「関守」は、逢坂の関の縁語で、空蝉の夫常陸の介を指す。

空蟬尼となる

かかるほどに、この常陸《ひたち》の守《かみ》、老《おい》のつもりにや、なやましくのみして、もの心細かりければ、子どもに、ただこの君の御ことをのみ言ひ置きて、よろづのこと、ただこの御心にのみまかせて、ありつる世に変わらでつかうまつれとのみ、明け暮れ言ひけり。

常陸の守は《もの心細かりければ》と、老いの重なったせいか病気がちとなり、この先も、回復は望めないかもしれないと不安に襲われる。そこで紀伊の守をはじめ先妻腹の子どもたちを呼んで、空蟬のことは特別大切に扱うように言い置かねばと、《よろづのこと、ただこの御心にのみまかせて、ありつる世に変わらでつかうまつれ》——すべてのことはただ空蟬のなすがままに従い、空蟬には私の存命中と変わらずに仕えよという、遺言ばかりを明けても暮れても口にするのだった。

女君、心憂き宿世《すくせ》ありて、この人にさへ後《おく》れて、いかなるさまにはふれまどふべきにかあらむと思ひ嘆きたまふを見るに、命の限りあるものなれば、惜《を》しみとどむべきかたもなし、いかでか、この人の御ために残し置く魂《たましひ》もがな、わが子どもの心も知らぬをと、うしろめたう悲しきことに言ひ思へど、心にえとどめぬものにて、亡《う》せぬ。

しかし女君は、《心憂き宿世ありて、この人にさへ後れて、いかなるさまにはふれまどふべきにかあらむ》——悲しい宿縁のままに常陸の守の後妻に入ったのに、この人にも死に別れたら、一体どんな様でおちぶれ、路頭をさまようのだろうかと思うと、常陸の守の容態が心配でたまらない、来る日も来る日も夫の身を案じて、ため息を漏らしてばかりいるのだった。

常陸の守はその様子を見て、《命の限りあるものなれば、惜しみとどむべきかたもなし、いかでか、この人の御ために残し置く魂もがな、わが子どもの心も知らぬをうしろめたう悲しきことに言ひ思へど》――命には限りがあって、もっと生きたくてもこの世に留まるすべはない、が、空蟬のためには、何とかしてこの世に残しておく魂が欲しい、我が子たちは何を考えているかわかったものではないからなどと、空蟬のことばかりが気になって、我が子が信じられないのは悲しいことだと思い口に出して嘆いたりしてきた。しかし命の行方は自らの意志ではどうにもならずに、常陸の守は亡くなってしまった。

しばしこそ、さのたまひしものをなど、情《なさけ》つくれど、うはべこそあれ、つらきこと多かり。とあるもかかるも世の道理《ことわり》なれば、身一つの憂きことにて嘆き明かし暮らす。ただこの河内《かうち》の守《かみ》のみぞ、昔より好き心ありて、少し情《なさけ》がりける。「あはれにのたまひ置きし、数ならずとも、おぼしうとまでのたまはせよ」など、追従《ついそう》し寄りて、いとあさましき心の見えければ、憂き宿世ある身にて、かく生きとまりて、果て果てはめづらしきことどもを聞き添ふるかなと、人知れず思ひ知りて、人にさなむとも知らせで、尼になりにけり。ある人々、いふかひなしと思ひ嘆く。守も、いとつらう、「おのれを厭《いと》ひたまふほどに、残りの御齢《よはひ》は多くものしたまふらむ、いかでか過ぐしたまふべき」などぞ、あいなのさかしらやなどぞはべるめる。

しばらくの間は子どもたちも、《さのたまひしものをなど、情つくれど》と、父の遺言もあるので空蟬には優しい心遣いも見せていたが、それはうわべだけのことで、やがては冷たい仕打ちが多くなっていく。

空蟬は《とあるもかかるも世の道理なれば》と、夫の庇護がなくなれば未亡人が様々な辛い目に合うというのもよく聞く話なので、《身一つの憂きことにて嘆き明かし暮らす》と、我が身ひとつに降りかかる不幸も、持って生まれた運命で致し方ないなのだと嘆きあかしつつ日を送っていた。

そんな中、ただ河内の守だけは《昔より好き心ありて、少し情がりける》と、昔[1]から空蟬に恋心を抱いていたので、その悲運な身の上に俄然関心を寄せ、《「あはれにのたまひ置きし、数ならずとも、おぼしうとまでのたまはせよ」》——常陸の守がくれぐれも頼むと言い残したことではあるし、つまらぬ身の私だがそう嫌わずに何でも言いつけて欲しいなどと言って、機嫌を取るようにして近づいて来る。

だが、空蟬には《いとあさましき心の見えければ》と、河内の守のけしからぬ魂胆が見えるので、ともかくも逃げねばと気も急く。《憂き宿世ある身にて、かく生きとまりて、果て果てはめづらしきことどもを聞き添ふるかな》[2]——ただでさえ自分は不運な身の上を、こうして生きながらえながらも夫に先立たれたあげく、行く先々にはとんでもないことまで人は耳にするかも知れないようになると、密かに覚悟を決めたのである。

そして、《人にさなむとも知らせで、尼になりにけり》[3]と、誰にもそうするとは告げずに尼になってしまったのだった。空蟬に仕える女房たちは《いふかひなし》——何とみじめでふがいない話かと思って嘆く。河内の守も大層恨めしく、《「おのれを厭ひたまひほどに、残りの御齢は多くものしたまふらむ、いかでか過ぐしたまふべき」》——私を嫌って尼になったのはいいが、残りの人生はまだ長いのにどうやって過ごしていくつもりなのだろうと思うのだった。

しかし世間の人々はそんな守の空蟬の将来を案ずることばを、《あいなのさかしらや》——つまらぬおせっかいだと評しているようである。

注

① 箒木の巻に「紀伊の守、すき心に、この継母のありさまを、あたらしきものに思ひて」とあったように、以前から空蟬には関心をいだいていた。

② 夫に先立たれたあげく継子に口説かれるなど。

③ 空蟬に仕えている女房たち。

〈主な参考文献〉

『新潮日本古典集成　源氏物語　三』　石田穣二・清水好子校注　新潮社　平成四年
『源氏物語評釈　第三巻須磨・関屋』　玉上琢弥　角川書店　平成三年
『日本古典文学大系　源氏物語二』　山岸徳平校注　岩波書店　昭和四十年
『日本古典全書　源氏物語二』　池田亀鑑校注　朝日新聞社　平成元年
『日本古典文学全集　源氏物語2』　阿部秋生・秋山虔・今井源衛・鈴木日出男校注　小学館　平成十六年
『源氏物語湖月抄（中）』　講談社学術文庫　北村季吟（有川武彦校訂）　講談社　平成二年
『源氏物語の鑑賞と基礎知識　蓬生関屋』　監修・鈴木一男　編集・小谷野純一　至文堂　平成十六年
『潤一郎訳源氏物語　巻二』　中公文庫　訳者谷崎潤一郎　中央公論社　平成二年
『円地文子訳源氏物語　巻二』　新潮文庫　訳者円地文子　新潮社　昭和六十一年
『謹訳源氏物語三』　祥伝社　訳者林　望　平成二十二年
『古典基礎語辞典』　角川学芸出版　編者大野晋　平成二十四年
『日本国語大辞典』　小学館　昭和五十四年

『広辞苑第六版』　岩波書店　平成二十年
『旺文社古語辞典　第十版』　旺文社　平成二十六年
『岩波古語辞典』　岩波書店　平成二十三年
『旺文社国語辞典　第八版』　旺文社　平成九年
『明鏡国語辞典』　大修館書店　平成三年
『源氏物語辞典』　北山谿太著　平凡社　昭和三十九年
『現代語古語類語辞典』　芹生公男　三省堂　平成二十七年
『平安時代の文学と生活』　池田亀鑑　至文堂　昭和四十一年
『源氏物語─その生活と文化』　日向一雅　中央公論美術出版　平成十六年
『源氏物語図典』　秋山虔・小町谷照彦編　小学館　平成十年
『源氏物語手鏡』　新潮選書　清水好子・森一郎・山本利達　新潮社　平成五年
『源氏物語のもののあはれ』　角川ソフィア文庫　大野晋　角川書店　平成十三年
『源氏物語を読むために』　平凡社ライブラリー　西郷信綱　平凡社　平成十七年
『平安朝　女性のライフサイクル』　歴史文化ライブラリー　服藤早苗　吉川弘文館　平成十八年
『なまみこ物語・源氏物語私見』　講談社文芸文庫　円地文子　講談社　平成十六年
『源氏物語の世界』　秋山虔　東京大学出版会　昭和三十九年

『源氏物語と白楽天』　中西　進　岩波書店　平成二十六年
『絵巻で楽しむ源氏物語15帖蓬生』　同じく『16帖関屋』　朝日新聞出版　平成二十五年
『日本の色辞典』　紫紅社　吉岡幸夫　平成十二年
『王朝文学の楽しみ』　岩波新書　尾崎左永子

あとがき

「蓬生」は末摘花の後編物語である。「関屋」も空蟬の後編物語となっている。『源氏物語』の読者には馴染み深い主人公たちが、歳月を経て再び登場する場がこれら二篇である。

二篇とも上流階級では生ききれず、落ちぶれざるを得なかった女性たちの生き方が浮き彫りにされ、彼女たちがどのような道を辿り、どういうところに行き着いたのか考えていくことは、今日的課題と重なり合う部分もあるに違いない。

末摘花は京に戻った源氏に思い出してもらえずに、相も変わらず蓬生のあばら屋に住み続けていた。召使いたちは次々と去り、親身に世話をしてくれた侍従までが居なくなって、独りぼっちになってしまう。手入れを施す者も居なくなった邸は荒れ放題に荒れていく。その様子を描いた自然描写の箇所は、末摘花の直面している耐え難く悲鳴を上げるしかないような心の状態を浮かび上がらせ緊張した文体で読者に迫る。

また、抜け目なく侍従を連れ出してしまう叔母像は転んでもただでは起きない新興受領階級のたくましさを彷彿とさせ、兄の禅師の君像は生活感の全く感じられない変わり者として描かれながらも、末摘花周辺を彩る人間模様に溶け込んでいる。

鬱蒼と茂るにまかせた木立に目を付けた今日《こんにち》で言う地上げ屋のような受領どもが邸の売却を迫ってきたりしても、親の面影が残っているからと断固拒否をして売らせない末摘花には、どんなに貧窮に陥っても、自分の感性を大切にしていく本物の貴族の姫君の姿を見る思いである。

さて、「関屋」に登場する伊予の介の妻の空蟬は、その後の任国常陸から任果てて夫と共に上京する。その途中逢坂の関で、偶然にもお礼参りのため石山寺に詣でた源氏一行と行き会う。その後、源氏は昔小君と呼ばれていた空蟬の弟の衛門の佐を呼んで、姉空蟬への手紙を託し、歌のやりとりが途絶えていた二人の間をつなぐ。歌によって二人の間に交わされた熱い思いは、その後の、空蟬の人生の支えとなっていったに違いない。

空蟬はその後、老いた夫に死に別れるが、先妻の子に言い寄られるのを振り切るように尼となる。若いのに尼になどなって、どうやってその後の長い人生を送るのだ、などという世間の声も「あいなのさかしらや」（つまらぬおせっかいだ）と、はねのけて己を守ったのだった。

なお、「蓬生」「関屋」の巻は、平安時代後期に描かれたという国宝「源氏物語絵巻」として現存しており、我々が目にすることが出来る機会があるかも知れないのは幸運なことである。

そしてまた、今年ＮＨＫの大河ドラマ「光る君へ」では、『源氏物語』の作者紫式部と藤原道長に焦点を当てた物語が放映中である。千年前の二人の生きた平安時代がどういう時代であったかがかなり正確に描かれていて見ごたえあるドラマに仕上がっているように思う。これを機に『源氏物語』を手にして千年前に開かれた優雅な世界を探索してみようと思われる方々が増えていくことを心より願う次第である。

《著者紹介》
田中順子（たなか　じゅんこ）
1941 年生まれ
東京都立大学大学院国文専攻修士課程修了
現住所　鎌倉市岡本 2-2-1-311
http://genjimonogatari.my.coocan.jp/

原文からひろがる源氏物語　蓬生・関屋

2024年9月20日　第一刷発行

著　者　田　中　順　子
発行者　斎　藤　草　子
発行所　一　茎　書　房
〒 173-0001　東京都板橋区本町 37-1
電話 03-3962-1354
FAX 03-3962-4310

印刷・製本／アドヴァンス　ISBN4-87074-266-6　C0037